Felix Huby/Astrid Litfaß

Männer sind zum Abgewöhnen

Roman

Fischer Taschenbuch Verlag

Die Frau in der Gesellschaft
Herausgegeben von Ingeborg Mues

Originalausgabe
Veröffentlicht im Fischer Taschenbuch Verlag GmbH,
Frankfurt am Main, Oktober 2001

Satz: Pinkuin Satz und Datentechnik, Berlin
Gesamtherstellung: Clausen & Bosse, Leck
Printed in Germany
ISBN 3-596-15006-X

Männer sind zum Abgewöhnen

1

»Tänzerin …«, der große, schwere Mann sprach es fast ehrfürchtig aus. »Tänzerin sind Sie?« Er sah Marlene noch eingehender an. »Das ist ja hochinteressant, äh, ich meine, ein interessanter Beruf ist das.«

»Ja«, sagte Marlene und trat hinaus auf den Balkon, sah auf die Blöcke der gegenüber stehenden Hochhäuser, dann erst wagte sie, hinunterzuschauen. Sie stand auf einem Balkon im vierzehnten Stockwerk und klammerte sich mit beiden Händen an der steinernen Brüstung fest. An die Höhe würde sie sich gewöhnen. Es war schön, so weit entfernt vom Getriebe da unten zu sein. Marlene war sicher, dass es den Mädchen auch gefallen würde.

»Ziemlich klein das alles da unten«, sagte sie dann, drehte sich schnell um, weil der Vermieter direkt hinter sie getreten war. »Inzwischen unterrichte ich, ich meine, ich tanze selber nicht mehr.«

»Ah«, machte der Vermieter.

»Ich unterrichte Privatschüler.«

»Entschuldigen Sie, wenn ich all diese Fragen stelle. Ich frage aus privaten Gründen, weil …« Er brach ab, folgte Marlene zurück ins Zimmer. Die Schritte hallten laut in dem kahlen Raum.

»Fragen Sie, es macht mir nichts aus, fragen Sie nur«, Marlene schaute ihn auffordernd an.
»Danke«, sagte er. »Meine Tochter ist siebzehn. Begabt, mathematisch begabt. Und stellen Sie sich vor, letztens sagt sie zu mir: Ich brech die Schule ab. Ich will Tanz studieren. Alles, was ich will, ist tanzen.«
»Und was haben Sie gesagt?«
Er schien verlegen und schwieg ein paar Augenblicke, ehe er sagte: »Na ja, ich kann nicht behaupten, dass ich mich gefreut habe. All dieser Kram, Ballett …« Er sprach das Wort aus, als ob er es für etwas Unanständiges hielte, und blickte starr auf das stumpfe Parkett. »Ehrlich gesagt, ich war schockiert.«
»Warum?«
Er gurgelte ein Lachen heraus. »Na, Sie sind gut!«
Marlene wusste, was gleich kommen würde. ›Ist das ein Beruf? Kann man da überhaupt Karriere machen? Was ist, wenn man körperlich nicht mehr fit ist?‹ All diese Fragen. Tausendmal hatte sie die gehört. Sie hatte wenig Lust, sie zum tausendundersten Mal zu hören.
»Die Wohnung gefällt mir«, beeilte sie sich zu sagen, als könnte sie dadurch das Thema noch abwenden. »Den Raum im Keller könnte ich ausbauen und als Unterrichtsraum benutzen?«
»Ja, ich, das wollte ich gerade sagen. Das geht in Ordnung.« Er sah Marlene an. »Ich habe über zwanzig Bewerber.« Er zwinkerte ihr mit einem Auge zu. »Ich habe mich entschlossen, die Wohnung Ihnen zu geben.«
»Das ist ja wunderbar.«
»Hören Sie, ich dachte mir, vielleicht bring ich Sie mit meiner Tochter zusammen, und Sie sagen ihr, dass so was, ich

meine, Tanzen und so, nicht das Richtige für sie ist. Sie werden das schon hinkriegen. Und das mit der Wohnung geht klar.«

Er streckte Marlene seine Hand hin. »Verstehen Sie? Ich will, dass sie was Ordentliches studiert. Sie soll ja mal in meine Firma einsteigen.«

Weil Marlene nicht reagierte, fügte er hinzu: »Software.« Er sprach das Wort bedeutungsvoll aus.

Väter, dachte Marlene. Väter, die immer das Beste für Töchter und Söhne wollten.

Es war die vierzehnte Wohnung, die sie besichtigte, und Marlene fühlte sich plötzlich erschöpft. Diese hier wäre ein Glücksfall gewesen.

Als Marlene sich verabschiedete, ohne auf sein Angebot eingegangen zu sein, wusste der große, schwere Mann nicht, wie ihm geschah. Aber das war ihr wirklich egal.

»Bitte, wenn Sie mir folgen wollen …«

Herr Knapp machte eine elegante Bewegung zu dem Flur mit den vielen Türen hin. Die Geste passte nicht zu ihm. Sie standen in der ovalen hellen Diele: Marlene, Cilli, Miriam und Nadja. Sie hatte die Mädchen beinahe zwingen müssen mitzukommen. Nun war sie ungeduldig. Vielleicht lag es am Besitzer der Wohnung, der im Tennisdress vor ihr herlief.

Marlene sah auf seine tief gebräunten, durchtrainierten zu kurzen Beine.

»Es sind hundert Quadratmeter, die Terrasse hat zwanzig.«

Er drehte sich zu Marlene um. Er war fast einen Kopf kleiner, musste zu ihr aufblicken, und Marlene hatte das Gefühl, dass er ihr diesen Umstand übel nahm. Oder über-

trieb sie schon wieder? Schließlich kam es häufiger vor, dass Männer kleiner waren als sie. Eine besondere Sache war das bisher nicht gewesen. Aber dieser Mann fühlte sich, das spürte sie genau, irgendwie herausgefordert. »Wie viele Personen sind Sie genau?«, fragte er mit hochgezogenen Augenbrauen.
Marlene sah in sein jugendliches Gesicht. Er spielte mit seinem Tennisschläger herum, und Marlene wusste, er hielt jeden weiteren Zeitaufwand für überflüssig. Trotzdem sagte sie: »Wir sind zu viert. Alle, die Sie hier sehen.«
»Ah ja.«
Knapp musterte er die Mädchen, sein Blick blieb an Nadjas dickem schwarzem Wollpullover hängen. Er schaute auf ihre schwarzen Stiefel, ihre engen schwarzen Hosen. Dann sah er in ihr weiß geschminktes Gesicht. Er grinste breit. »Ist dir nicht heiß?«, fragte er und schickte ein albernes Lachen hinterher.
Nadja verzog keine Miene, und Marlene ging an Herrn Knapp vorbei, um Cilli und Miriam zu rufen. Sie rannten durch die vier Zimmer, sie waren begeistert und stritten gerade, wer das Zimmer mit dem kleinen Erker bekommen würde.
Herr Knapp verzog sein Gesicht.
»Wir gehen, Kinder«, rief Marlene, und zu Knapp sagte sie: »Ich glaube, Ihre Wohnung ist doch zu klein für uns.«
»Oh.« Er warf Marlene einen vorsichtigen Blick von der Seite zu. Dann kicherte er etwas mühsam. »Ich verstehe«, sagte er. »Ich verstehe.«
»Wir gehen«, rief Marlene noch einmal.
»Aber wir haben die Terrasse noch nicht gesehen«, rief Cilli.
»Das macht nichts, weil die Küche zu schmal ist und das

Bad zu eng. Und eigentlich wollten wir doch fünf Zimmer, oder?«
»Stimmt«, sagte Miriam. »Man braucht schließlich ein Gästezimmer.«
Herr Knapp warf die Wohnungstür hinter ihnen zu. Marlene lachte, als sie im Fahrstuhl abwärts fuhren. »Bitte nicht, Mama«, sagten die Mädchen, alle drei gleichzeitig.
»Mir reicht's«, sagte Nadja als sie auf die Straße hinaustraten. »Ich mache das nicht mehr mit. Das nächste Mal musst du wieder alleine gehen, Mama. Du hast doch gemerkt, dass der uns meinetwegen die Wohnung nicht vermieten wollte.«
Nadja. Ihr Sorgenkind. Momentan war es jedenfalls so. Nadja beruhigen zu wollen war gefährlich, aber es nicht zu tun war noch gefährlicher. Nadja wollte provozieren. Sie war fünfzehn und in einer schrecklichen Phase. Sie war noch ein Kind, sie war aber auch schon eine Frau, sie war unerträglich. Stimmungswechsel von einer Minute zur anderen. Ging irgendetwas schief, bezog sie es auf sich. Ging etwas gut, natürlich auch.
»Herr Knapp ist ein Mann, mit dem ich nicht einen Satz in der U-Bahn wechseln möchte. Mach dir keine Gedanken, mein Schatz.«
»Das sagst du nur, um mich zu trösten.« In Nadjas Augen schimmerte es verdächtig.
»Wir lassen die nächste Adresse sausen«, sagte Marlene schnell. »Mir reicht's auch für heute. Wir gehen Eis essen. Ist das in Ordnung?«
Die Mädchen taten gnädig. Sie merkten nicht, dass Marlene nicht nach Eisessen zumute war.

2

Am liebsten wäre sie nach Hause gegangen und hätte die Tür hinter sich zugemacht. Marlene hätte in diesem Augenblick viel dafür gegeben, allein sein zu können. Der Gedanke an die Wohnungssuche reizte sie zum Lachen, und das war schrecklich. Die Mädchen nahmen die kleinste Schwäche wahr.

Es war heiß, Mitte Juli. Marlene spürte zu allem Überfluss die Tröpfchen auf dem Nasenrücken. Sie rührten aber nicht von der Hitze her. Sie stellten sich immer dann ein, wenn Marlene mit ihrer Aufregung nicht mehr klarkam. Die Tröpfchen auf dem Nasenrücken waren nur die Vorboten der gleich zu erwartenden Atemnot, die zu verscheuchen es nur einen Ausweg gab: Lachen. Hemmungsloses, fürchterliches Lachen. Das Lachen half ihr über unmögliche Situationen hinweg. Die Mädchen hassten dieses Lachen, und sie selber hasste es auch, es wirkte immer deplatziert. Aber das Lachen war Marlenes Möglichkeit, die Dinge, die auf sie zurasten, erst einmal abzufangen.

Aber was gab es jetzt noch abzufangen? Marlenes Kehle war trocken und wie zugeschnürt. Sie konnte kein regelmäßiges Einkommen nachweisen. Sie hatte drei Kinder, aber keinen Ehemann. Marlenes Auto war alt, zerbeult und hatte Rostflecken, was jedem Menschen, der etwas über sie erfahren wollte, anscheinend genug verriet. Wer in so einer Kiste herumfuhr, musste im Chaos leben. Es sei denn, er hatte Geld – viel Geld, dann war es interessant.

»Wenn du so blöd bist, mit diesem Auto vorzufahren, kann man dir wirklich nicht helfen«, pflegte Frank zu sagen.

»Die Leute, die sich daran stören, können mich mal«, blaffte Marlene dann jedes Mal zurück, und damit war das Thema erledigt. Bis zum nächsten Mal.
Sie wollte jetzt nicht lachen. Das konnte sie den Mädchen einfach nicht antun. Bei genauerem Überlegen hatte sie letztlich alles selber geschafft, ohne Franks Hilfe und ohne Jossis Geld. Auch wenn der eine wie der andere sie eine Neurotikerin nannte. Aber wie viel Wahrheitsgehalt hatten die Reden früherer Ehemänner? Marlene zog einen dicken Strich unter ihre Überlegungen. Es reicht, sagte sie zu sich, und zu den Mädchen sagte sie: »Warum stehen wir hier rum, gehen wir endlich.«
Sie hatte sich wieder im Griff.

Die Stühle vor dem Eiscafé waren fast alle besetzt. Ein einziger Tisch, ausgerechnet mittendrin, war noch frei. Marlene bereute ihren Vorschlag sofort. Sie hätte lieber an einem Tisch am Rande des Straßencafés gesessen. Aber jetzt war es schon zu spät. Die Mädchen standen bereits an dem Tisch und riefen ungeduldig nach ihr. Marlene zog den Zeitungsteil mit den Wohnungsanzeigen aus ihrer Tasche. Auf diese Weise würde sie das hier überstehen.
Die Bedienung brachte vier üppige Eisbecher. Marlene schlug die Zeitung auf. »Nicht schon wieder«, rief Miriam fast schon verzweifelt. Marlene zuckte nur die Achseln und setzte ihr ungerührtes Gesicht auf, als sie erneut die Anzeigen durchsah.
Miriam zeigte auf eine Anzeige in einem Kästchen. »Hier«, sagte sie, »vier Zimmer, Terrasse, zwei Bäder. Wir brauchen zwei Bäder, Mama.«

»Für jeden eins wär am besten.« Nadja lagerte in ihrem Plastikstuhl, ihre Beine ausgestreckt auf einem zweiten.
Cilli wollte die Autoschlüssel.
»Wozu willst du die Autoschlüssel?«
»Ich will meine Geige holen.«
»Aber du brauchst deine Geige jetzt nicht.«
»Gib mir bitte die Schlüssel«, beharrte die Jüngste und blies ihre Haare aus der Stirn.
»Aber warum denn?«
»Weil ich sie brauche!«
Miriam stieß den Stuhl, auf dem Nadjas ausgestreckte Beine lagen, mit einem schnellen Tritt um. Nadja griff sich Marlenes Glas mit Wasser und schüttete es Miriam ins Gesicht. Die Augen einiger Gäste an den Nebentischen wandten sich ihnen zu. Bevor Cilli einen Anfall wegen der verweigerten Autoschlüssel bekommen konnte, gab Marlene sie ihr in dem klaren Bewusstsein, dass sie immer zu nachgiebig war. Ein gut aussehender Mann Mitte fünfzig, der einen dunklen Anzug trug und drei Tische weiter seinen Espresso trank, sah nun schon seit mindestens fünf Minuten zu ihnen herüber, unverwandt und anscheinend höchst interessiert. Er schaute auch nicht weg, als Marlene seinen Blick wütend erwiderte.
Cilli kam mit ihrer Geige zurück.
»Wir gehen«, sagte Marlene. »Lass die Geige im Kasten.«
Cilli schien sie nicht zu hören. Sie hatte die Geige schon in der Hand und stellte sich in Positur, mit dem ihr eigenen unnachgiebigen Gesichtsausdruck. Marlene wusste, dass jedes weitere Zureden umsonst sein würde. Cilli war eine durchsetzungsbereite, zähe zehnjährige Person. Und meistens erfüllte diese Tatsache Marlene mit Stolz.

Cilli begann mit einem kleinen Übungsstück von Haydn. Nach und nach drehten sich alle Gäste nach ihr um. Nur ein paar von ihnen lächelten freundlich. Der Mann im dunklen Anzug verzog sein Gesicht. Es war nicht deutlich zu erkennen, ob er sich ärgerte oder ob er sich amüsierte.

Marlene redete sich im Stillen beruhigend zu: ›Das geht vorüber. Wir haben schon Schlimmeres erlebt. Augen zu und durch!‹ Sie kramte in ihrer Tasche nach der Geldbörse und dachte wie so oft: ›Ihr könnt mich alle mal!‹ Unterdessen hatten Miriam und Nadja endgültig die Balance verloren, sie schrien sich gegenseitig an, traten nacheinander und warfen mit Bierdeckeln. Jeden Augenblick konnte das erste Glas fliegen. Der Kellner lief im Slalom um die Tische auf sie zu. »Bitte«, sagte er, »bitte ...«

»Keine Sorge«, sagte Marlene, »ich zahle.«

»Mir macht's nichts aus.« Der Kellner grinste Marlene an. »Aber mein Chef ist nicht sehr tolerant.«

»Ich verstehe.« Marlene lächelte den Kellner freundlich an. In diesem Moment erhob sich der Mann im dunklen Anzug und kam ohne Eile auf Marlenes Tisch zu. Er war einer von diesen Männern, die alles mit großer Selbstverständlichkeit tun und dabei eine wohltuende Ruhe ausstrahlen.

Marlene spürte die Tröpfchen auf dem Nasenrücken. Sie stand rasch auf, zog langsam ihre Sonnenbrille ab und versuchte, das Lächeln auf ihrem Gesicht zu halten.

»Bitte entschuldigen Sie«, sagte der Mann. Seine Stimme hatte einen angenehmen tiefen Klang. »Mommsen mein Name. Ich habe mitbekommen, dass Sie auf Wohnungssuche sind. Ich hätte da vielleicht etwas für Sie.«

»Ach wirklich?«, sagte Marlene. Das Lachen stand ihr jetzt knapp unterhalb der Kehle. Im gleichen Atemzug rief sie ihre mittlere Tochter zur Ordnung: »Miriam!«
Der Mann lächelte und winkte begütigend ab. »Kein Problem. Wenn Sie Zeit haben, gnädige Frau, kann ich Ihnen das Objekt zeigen. Jetzt gleich.«

3

Hinterm Grün der hohen Bäume ragten zwei Türmchen ins Blau des Himmels. Eins auf der linken, eins auf der rechten Seite des breit daliegenden Doppelhauses. Die Sonne schien auf die ockerfarbene Fassade aus der Zeit der Jahrhundertwende. Das Gras des Gartens war frisch gemäht. In den Rabatten blühten bunte Blumen. Marlene schloss einen Moment die Augen und öffnete sie wieder. Alles war noch da. Wo war der Haken? Sie hörte die Mädchen lachen und schreien. Sie waren längst im Garten, versuchten, die Terrassentür zu öffnen.
Aber Mommsen schien das alles nichts auszumachen, er lächelte milde. »Keine Sorge«, sagte er, »ich bin so etwas gewohnt, das heißt, ich war es. Unsere Kinder sind schon aus dem Haus.«
Marlene sah auf den anderen Teil des Doppelhauses. An einem der Fenster im ersten Stock fiel gerade ein zur Seite geschobener Vorhang wieder zurück.
»Das geht nun mal nicht leiser.« Herr Mommsen lachte herzlich. »Das Haus wäre ideal für Sie. Es steht leer. Sie könnten sofort einziehen.«
»Sie machen keine Scherze?«

Sie hörte Mommsen wieder lachen. »Ich bitte Sie, ich möchte mein Haus vermieten, und Sie suchen dringend eine Wohnung. Wir haben eine klare Situation. Wenn wir uns einigen, hat jeder das, was er will.«
Marlene machte das Entgegenkommen des Eigentümers nervös. Auch die Vorstellung, hier einziehen zu können, machte sie nervös. Wo, verdammt nochmal, war der Haken?
Mommsen schien ihre Gedanken zu erraten. »Falls Sie nach einem Haken suchen, es gibt keinen.«
»Und wer wohnt im Nebenhaus?«
»Ein allein stehender Herr.« Mommsen schaute auf das Nebenhaus. »Ein ruhiger Bewohner«, ergänzte er, »einer, der in seiner eigenen Welt lebt. Ein Künstler«, setzte er fast flüsternd hinzu. »Ein Komponist. Schaaf ist sein Name, Henry Schaaf – Schaaf mit zwei a.«

Henry Schaaf stand am Fenster seines Arbeitszimmers. Noch einmal schob er den Vorhang ein Stück zur Seite und sah hinunter in den Garten des Nachbarhauses, auf den Besitzer und Marlene – für ihn Vorboten eines kommenden Unheils.
Schon vorhin, als die Motorengeräusche zweier Autos und Stimmengewirr ihn hochgeschreckt hatten, war er ans Fenster geeilt. Er hatte Mommsen auf der Straße entdeckt und sofort gewusst, dass das nichts Gutes bedeuten konnte. Monatelang hatte Mommsen sich hier nicht blicken lassen. Fast wäre es Henry Schaaf gelungen, ihn zu vergessen.
Henry kniff die Augen zusammen. Das da unten war die Wirklichkeit. Mommsen war da, und er schien äußerst guter Dinge zu sein. Und die Frau, die neben ihm in seinem

Garten stand, war genauso real. Kein Zweifel. Was das zu bedeuten hatte, lag auf der Hand.
Er ging eilig die Treppe hinunter, in die Küche, kramte in Schubladen und fand endlich die Packung mit den Aspirin. Er schluckte zwei davon. Lange Zeit hatte das nicht sein müssen. Henry öffnete die Haustür, starrte auf Mommsens großen, glänzenden Wagen und auf das alte verbeulte Auto dahinter. Wütend warf er die Tür zu und stieg die Treppe wieder hinauf. Er schlich durch sein Arbeitszimmer, um nochmals den schweren Vorhang vorm Fenster beiseite zu schieben.
Gerade redete Mommsen auf die hoch gewachsene Frau ein, als wollte er ihr eine Versicherung aufschwatzen, gestikulierte und lachte dabei. Er ließ den schweren Vorhang ein wenig zurückfallen, sodass er nur die Frau, die ein langes, geblümtes Seidenkleid trug, im Blick hatte. Das Kleid wehte im leichten Wind hin und her. Für ihre Größe war sie zu dünn, und sie hatte diese helle, für die Rotblonden typische Haut, wahrscheinlich auch Sommersprossen, das konnte er von seinem Standort aus nicht sehen. Wenn es so war, dass Mommsen dieser Frau sein Haus vermieten wollte, und es sah ganz danach aus, würde etwas eintreten, was er für alle Zeiten hatte vermeiden wollen.
Henry Schaaf wandte sich ruckartig vom Fenster ab. Er hatte seine Erfahrungen mit rotblonden, hellhäutigen Frauen. – Allein wie ihr die gekräuselten Haare wirr um den Kopf standen, obwohl sie mit irgendetwas hinten zusammengehalten wurden. Wie sie einen Fuß schräg stellte. Wie sie sich in leichter Schräglage an einen Baumstamm lehnte, lachte und dabei die Hände bewegte. Im nächsten

Augenblick schien sie tiefernst. Das waren lauter Zeichen eines cholerischen Temperaments. Wahrscheinlich eine Hysterikerin. Frauen dieses Typs arbeiteten unablässig daran, ihre Neurosen zu vergrößern. Unbewusst natürlich. Aber grade deshalb war's umso schlimmer. Er kannte sich da aus.
Das Zimmer lag im Halbdunkel. Die übereinander gelegten Teppiche verschluckten das Geräusch seiner Schritte, zum Glück. Denn er lief nun hektisch von einer Seite des Zimmers auf die andere, blieb dann aber plötzlich ruckartig stehen. Er traute seinen Ohren nicht. Laute Stimmen drangen bis zu ihm ins Zimmer, Geschrei, Kreischen wie von Kindern. Er setzte sich auf den Klavierstuhl. Monatelang hatte hier eine vollkommene, wunderbare Ruhe geherrscht. Sein Kopf fing trotz der zwei Aspirin an zu brummen. Mit der Ruhe war es womöglich für lange Zeit vorbei.

4

»Meine Frau hat für uns ein wunderhübsches Haus auf dem Land gefunden«, sagte Mommsen und rüttelte am Knoten seiner Krawatte. »Manchmal muss man sich verändern. Obwohl …«, er machte eine kleine Pause, »ich hänge immer noch an dem Haus hier.«
»Jetzt machen Sie mir fast ein schlechtes Gewissen. Ich würde es nämlich sofort nehmen.«
»Das würde mich sehr freuen.«
»Aber es wird zu teuer sein.« Marlene sah bedauernd auf die schweren Blüten eines Rhododendrons.

»Versuchen wir doch, uns zu einigen. Wie viel können Sie zahlen?«
Marlene lachte. »Was meinen Sie mit können?«
»Also, wenn ich Sie richtig verstanden habe, sind Sie nicht verheiratet?«
»Ich war es. Zweimal. Und ich habe nicht vor, unser neues Zuhause mit einem Mann zu teilen.«
»Hm, hm, tja«, machte Mommsen. »Da haben Sie mit drei Töchtern nicht gerade wenig am Hals.« Er lachte. »Ist doch so, oder?«
»Man kann es so ausdrücken.«
»Ich frage mal so: Was haben Sie denn für die Miete eingeplant?«
Marlene schluckte und hörte sich irgendetwas von achtzehnhundert Mark murmeln. »Höchstens!«
Mommsen sah auf seine blank geputzten Schuhe. »Na schön, abgemacht. Achtzehnhundert Mark Miete.«
Marlene spürte plötzlich trotz des Windes die Hitze. Und hörte wieder ihre Stimme überlaut, als sie fragte: »Ist das Ihr Ernst?«
Mommsen könnte sie reinlegen wollen. Aber warum? Einen Sinn ergab das nicht. Andererseits, so ein Haus mit so einem Garten. Zweitausendfünfhundert wären realistisch gewesen. Vielleicht war doch etwas faul.
Plötzlich ärgerte sie sich. Warum hatte sie diese Frage beantwortet? Damit hatte sie mit einem Satz ihre Verhältnisse dargelegt. Ebenso gut hätte sie Mommsen ihren kümmerlichen Steuerbescheid vorlegen können. Aber was hätte sie sonst sagen sollen? Jeder höhere Mietpreis hätte ihre Möglichkeiten überstiegen. Sie war alt genug. Sie war siebenunddreißig, wirklich alt genug, um zu wissen, wie man

sich in so einer Situation zu verhalten hatte. Und außerdem: Für sie ging es momentan um alles. Marlenes Gedanken fuhren Karussell in ihrem Kopf.
Mommsens Handy klingelte. Marlene nickte ihm zu, als er sich entschuldigte, rasch durch die gepflegten Rabatten in den Garten hineinging und unter den Bäumen verschwand. Sie konnte gerade noch sehen, wie sich sein Gesicht schlagartig rötete. Er drückte das Kreuz durch und ruckte in den Schultern. »Das habe ich erwartet!«, hörte sie ihn bellen, doch dann war er außer Hörweite. Marlene ging in das Haus hinein.
»Was hier vorgeht?«, schrie Mommsen in sein Handy. »Du hast doch längst gesehen, was hier vorgeht. Ich vermiete mein Haus.«
Er fuhr die Lautstärke um ein paar Phon runter. »Ich nehme sogar einen lächerlichen Mietpreis in Kauf, damit diese Frau Hagedorn mit ihren drei Töchtern hier einziehen kann. Alles, was ich hoffe, ist, dass diese Familie dir das Leben zur Hölle macht.«
Ein paar Sekunden lang schaffte Mommsen es, seinem Gesprächspartner zuzuhören.
»Ja, ja«, sagte er dann, plötzlich ganz ruhig. »Ich weiß, dass du dein Bestes tun wirst, Henry. Aber ich, ich werde diese Frau unterstützen.«
Mommsen hielt den Hörer einen Augenblick vom Ohr weg. Dann legte er nochmal los: »Hör zu, Henry, ich sag dir alles nochmal. Deinetwegen haben wir unser Haus aufgegeben. Irene war tablettensüchtig, und ich war nahe am Kollaps. Was hast du gedacht? Dass wir das alles einfach so hinnehmen?«
Mommsen schwieg kurz, er fummelte sein Taschentuch

aus der Jacketttasche heraus und fuhr sich damit über die Stirn. »Ach, du kannst mich doch mal!« Mommsen schaltete sein Handy aus. Dann kicherte er leise und höchst zufrieden in sich hinein.

Marlene und die Kinder standen wie aufgereiht nebeneinander, als Mommsen gut gelaunt die Treppe heraufgeeilt kam. »Na?«, fragte er erwartungsvoll. »Haben Sie sich entschieden?«
»Es gefällt uns alles sehr gut.« Marlene strich sich eine Haarsträhne aus der Stirn. »Wirklich sehr gut.«
»Wunderbar«, sagte Mommsen. Er sah erleichtert aus.
»Trotzdem wollten wir alles noch einmal durchsprechen.« Marlene lächelte Mommsen an. »Das heißt, ich überleg's mir nochmal. Ist das für Sie in Ordnung?«
Mommsen strengte sich an, seine Enttäuschung zu kaschieren. Er nahm Marlenes Hand, deutete einen Handkuss an und sagte: »Völlig in Ordnung, gnädige Frau. Aber enttäuschen Sie mich nicht.«

5

Henry Schaaf hatte genug gesehen. Und gehört. Er verließ seinen Standort am Fenster, machte ein paar Schritte ins Zimmer hinein, bis vor seinen Arbeitstisch. Die Lampe malte einen Lichtkreis, der ein wenig kleiner war als der Tisch, auf die dunkelgrüne Samtdecke. Sauber geschichtet lag darauf ein Stapel Notenpapier, daneben lagen drei Bleistifte, die akkurat aufgereiht waren – alle gleich lang, alle gleich spitz. Im Zimmer war es sehr warm, obwohl die Sonnenstrahlen ausgesperrt blieben. Henry konnte in einem sonnendurchfluteten Raum nicht arbeiten. Die schweren Vorhänge machten die Luft stickig, aber das spielte keine Rolle. Der Ventilator surrte.

Von nebenan waren Mädchenstimmen zu hören. Laut. Sehr laut. Er sah sich im Zimmer um, als sähe er es zum ersten Mal. Noch vor einer Stunde war hier alles in Ordnung gewesen, und er hatte sogar gemeint, kleine euphorische Ansätze zu spüren. Das Leitmotiv des Klavierstücks, an dem er arbeitete, war plötzlich da gewesen. Vor Erregung hatte sein Kopf gerauscht. Vorhin. Jetzt dröhnte er nur noch.

Er klappte den Deckel des Bösendorfers zu. Es war später Nachmittag. Früh genug, um weiterzuarbeiten. Aber von draußen kamen die Stimmen, er hörte widerliches Gelächter. Autotüren wurden zugeschlagen. Henry verließ sein Arbeitszimmer. Auf dem Weg zur Treppe hörte er eine schrille Autohupe. Kurz darauf fuhren die Autos weg. Er blieb am Treppenabsatz stehen. An Arbeit war nicht mehr zu denken.

Marlene hatte früh ins Bett gehen wollen, aber sie war viel zu aufgeregt. Was in aller Welt hatte sie dazu bewogen, nicht gleich zuzusagen? Sie hatte vor Mommsen einen guten Eindruck machen und die souveräne Frau spielen wollen. Grade so als hätte sie noch andere Möglichkeiten.

Sie ging in die Küche, riss den Kühlschrank auf. In plötzlich aufwallender Verzweiflung goss sie den Rest des Gins, den Frank bei seinem letzten Besuch hatte stehen lassen, in ein Glas, dann einen Schuss Alibi-Tonic darauf. Zitrone war keine da, aber das machte nichts.

Es war nach Mitternacht. Marlene ging, das Glas in der

Hand, in der Küche auf und ab. Es war zu spät, um jetzt nochmal mit Mommsen zu telefonieren. Aber Frank konnte sie anrufen. Sie trank ihr Glas in einem Zug aus, als wäre der Inhalt Wasser, wunderte sich einen kurzen Moment darüber und lief ins Wohnzimmer.

Er hatte natürlich schon geschlafen. Jedenfalls behauptete er das. »Weißt du, wie spät es ist?«, fragte er, um gleich darauf herzzerreißend zu gähnen. Marlene achtete nicht darauf und erzählte ihm die ganze Geschichte.

»Was willst du nun von mir hören?«, fragte er schließlich.

»Dass ich unglaubliches Glück gehabt habe.«

»Womit?«

»Dass ich dieses Haus gefunden habe.«

»Aber du hast es doch noch nicht.«

»Frank, willst du mich wahnsinnig machen? Mitten in der Nacht?« Marlenes Stimme kam ins Schwanken.

»Hmm«, machte Frank.

»Was meinst du mit hmm?«

Frank seufzte laut. »Können wir nicht morgen nochmal darüber sprechen? Ich sagte dir doch, ich bin elend müde.«

»Ja, meinst du, ich nicht? Ich habe höllische Tage hinter mir, falls es dich interessiert.«

Frank sagte ein paar Sekunden lang nichts. Marlene ging mit dem Hörer in ihr Zimmer und stieß die Tür mit dem Fuß hinter sich zu. »Du hast doch überhaupt keine Ahnung.«

»Wovon?«

Marlene stieß einen pfeifenden Laut aus. »Na gut«, sagte sie dann. »Schon gut. Am besten bleibst du im Bett. Am besten, du bleibst für immer im Bett.« Dann legte sie auf.

Zwei Minuten später rief Frank zurück. »Was ist denn mit dir los, Marlene?«

»Was los ist, fragst du? Ich bin seit drei Monaten unterwegs, um eine Wohnung zu finden. Jetzt hab ich eine, das heißt so gut wie, und dich kümmert das überhaupt nicht.«
»Lieber Himmel, Marlene!« Danach schwieg Frank wieder.
»Sag was, Frank.«
Marlene erschrak, als Frank plötzlich schrie: »Was soll ich denn sagen! Es ist sowieso alles falsch, was ich sage. Ich kenn dich doch. Noch bevor ich irgendwas gesagt habe, regst du dich schon auf.«
Marlene setzte sich aufs Sofa und schloss die Augen. Dann sagte sie: »Entschuldige. Ich bin völlig durch den Wind. Sei nicht böse, Frank.«
»Ja, ich versuch's.« Frank stöhnte noch einmal.
»Hilfst du mir beim Umzug?«
»Aber du hast doch dieses Haus noch gar …« Frank stockte. Dann sagte er rasch: »Ja, klar helfe ich dir. Was ist das überhaupt für eine Frage?«
»Schlaf gut«, sagte Marlene.
Sie riss das Fenster weit auf und legte sich so aufs Sofa, dass sie den Nachthimmel sehen konnte. Dunkle Wolken schoben sich vor den zunehmenden Mond.
Marlene sah Frank vor sich, wie er sich in die Kissen zurückfallen ließ und sofort wieder einschlief. Es war ja auch wirklich spät genug. Sie sprang hoch. Selbst wenn sie müde war wie jetzt, hatte ihr Körper noch immer die Spannkraft, die man sich nur durch ständiges Training erhalten kann. Sie ging ins Badezimmer und betrachtete sich im Spiegel. Während sie ihre Zähne putzte, fragte sie sich, wie sie die sechs Jahre, die sie mit Frank verheiratet gewesen war, überhaupt durchgestanden hatte.
»Einen langweiligeren Mann habe ich in meinem ganzen

Leben noch nicht gesehen«, das waren die Worte ihrer Mutter gewesen. »Trocken wie Staub.« Aber es war ihre Mutter, die das gesagt hatte. Es spielte keine Rolle. Gar keine. Sie wusste es schließlich besser. Sie wollte mit Frank zusammen sein. Er war fürsorglich, geduldig, er ging die Dinge mit Bedacht an. Marlene war zweiundzwanzig, als sie sich begegneten, ihr Liebeskummer zu jener Zeit hätte nicht größer sein können, er war grenzenlos, aber Frank war einfach da und sagte: »Wir machen alles zusammen, du und ich. Wenn man sich liebt, schafft man alles.« Er war fünf Jahre älter als Marlene.

Später hatte Frank einmal gesagt: »Irgendwann wirst du dir einen lustigeren Mann suchen, ich weiß es.« »Du spinnst«, hatte Marlene geantwortet, »so ein Blödsinn.« Und Marlenes Mutter hatte dazu gemeint: »Wenigstens weiß er, dass er langweilig ist. Ich fange an, ihn zu mögen. Außerdem hat ein Langweiler manches für sich. Er kümmert sich um alles, und du machst das, wofür du bestimmt bist. Nämlich tanzen.«

»Was ich mache, bestimme ich«, hatte Marlene geantwortet. Denn da war sie bereits mit Nadja schwanger. Marlene war entschlossen, ihr Tanzstudium wegen des Kindes vorübergehend auszusetzen. Obwohl ihre Mutter andere Vorstellungen gehabt hatte. »Warum willst du das machen?«, fragte sie. »Du hast doch einen Mann, der sich um das Kind kümmern kann.«

»Ein Jahr hin oder her«, sagte Marlene zu ihrer Mutter. »Außerdem musst du dich langsam daran gewöhnen, dass ich erwachsen bin und so etwas ganz alleine entscheide!«

Marlene und Frank wollten eine gute Ehe führen, und sie wollten gut zu ihren Kindern sein. Wie führt man Kinder in ein Leben, das unabhängig verlaufen soll, einzig bestimmt von einem selber, wie bringt man ihnen Offenheit und Neugierde bei. Man muss es ihnen vorleben. Sie stellten sich vor, dass ihre Verbindung etwas Wunderbares hervorbringen würde. Die Kinder würden so sensibel und impulsiv wie Marlene sein und hätten gleichzeitig Franks Zähigkeit und seinen Ordnungssinn. Was sollte da schief gehen?

Alles ging schief!

Vor der Tür stand irgendwann eines Nachmittags Josef, grinste und sagte den bedeutungsschweren Satz: »Ich frage mich seit ein paar Jahren, wie es dir inzwischen eigentlich geht.«

In der Küche manschten Nadja und Miriam in ihrem Obstsalat. Marlene machte die Küchentür weiter auf und sagte: »Sieh hin, dann weißt du, wie's mir geht.«

»Und sitzt auch das Glück am Tisch mit deinen Kindern?«

»Hau ab, Jossi«, sagte Marlene. Und nach einigen Sekunden fügte sie hinzu: »Es wird nichts mehr mit dir und mir.«

Er sagte: »Aber Marlene. Ich liebe dich. Und ich höre nicht auf damit.«

Wegen Jossi hatte sie sich ein paar Jahre zuvor in Franks Arme geworfen. Und sich bei ihm sicher gefühlt. Und sie hatte Frank nichts von ihrer unglücklichen Liebe zu Jossi gesagt. Warum hätte sie ihn kränken sollen?

Ihre Mutter hatte Jossi bereits während Marlenes Schulzeit fest in ihr Herz geschlossen. Und als Marlene die Schule beendet hatte, sagte die Mutter: »Dieser Mann ist eine Ausnahme. Pass auf, dass er dir nicht entwischt.«

Aber er war nicht zu halten gewesen. Irgendwann war er verschwunden. Und nun stand er plötzlich wieder vor ih-

rer Tür. Natürlich traf Marlene Jossi keine vierundzwanzig Stunden später wieder. Und es war, als wäre seit ihrer Trennung kein Tag vergangen.
»Was ist mit dir?« Frank stellte ihr immer wieder diese Frage. Marlene sagte: »Ich weiß nicht. Frank, ich weiß nicht, was mit mir los ist.«
Nach einem Jahr sagte Frank: »Aber die Kinder bleiben bei mir!«

Marlene zog die Bettdecke bis zum Hals hinauf. Ihr war kalt. Dabei hatte die Nacht keine Abkühlung gebracht. Es war schwül im Zimmer.
Wie hatte sie das alles nur aushalten können. Die beiden Männer. Frank in seiner unendlichen Traurigkeit. Sie stand auf und machte Licht. Legte sich wieder hin. In der Dunkelheit zu liegen war schlimmer. Das Licht beruhigte sie ein wenig. Sie schaute auf das bisher einzige Bild an der Wand. Sie fand es komisch, dass sie ausgerechnet dieses aus dem ganzen Wust in den Kisten herausgezogen und aufgehängt hatte. Eine gerahmte Kinderzeichnung von Nadja, die Frank darstellen sollte. Frank mit einer roten Zipfelmütze, wie er über eine Wiese hüpfte. Marlene lächelte. Lieber alter Frank, dachte sie. Dann schlief sie ein, ohne das Licht gelöscht zu haben.

6

Endlich Morgen. Seit acht Uhr hatte Marlene alle zehn Minuten auf die Uhr gesehen, sie hatte aufgeräumt, überlegt, welche Sachen sie nicht mitnehmen würde, sie war sinnlos durch die Zimmer gelaufen, die Zeit wollte nicht vergehen. Ab zehn Uhr, hatte Mommsen gesagt, sei er in seinem Büro zu erreichen. Warum es nicht vorher probieren und seiner Sekretärin Bescheid sagen. Bis zehn Uhr musste sie noch eine Stunde durchstehen. Marlene hatte übermäßig viel Kaffee getrunken. Das rächte sich jetzt. Sie war nervös. Sie spürte ihren Herzschlag und kam sich plötzlich unmöglich vor. Als ob es keine wichtigeren Dinge gäbe, als ein Haus zu mieten. Trotzdem war es so, die wichtigeren Dinge waren weit von ihr entfernt, was zählte, war das Haus.

Sie kramte in ihrer Tasche nach Mommsens Telefonnummer, es war ihr egal, ob er gerade mit seiner Frau zusammen war oder mit seiner Freundin, sie ging entschlossen zum Telefon und erschrak, als es läutete.

»Entschuldigen Sie den morgendlichen Überfall«, das war Mommsens sonore Stimme. »Frau Hagedorn, es ist nur so, ich habe noch vier Interessenten, die sofort ...« Weiter kam er nicht.

»Ich nehme das Haus.« Sie rief es so laut, dass Mommsen einen Moment verblüfft schwieg. Dann sagte er: »Wunderbar. Wir freuen uns – meine Frau und ich freuen uns sehr darüber.«

Was für ein herrlicher Garten. Was für ein süßer Duft, der über ihr schwebte und ihr fast den Atem nahm. Wie unwirklich das alles war. Marlene stand in der Tür ihres neuen Heims und sah Frank entgegen, der den Umzugswagen nahe an die Haustür rangierte, ausstieg und mit dem Ausladen begann.

»Ich kann's immer noch nicht glauben«, sagte sie, stellte sich neben Frank und betrachtete ihre Möbel. »Ab jetzt

fängt für mich etwas Neues an. Ich fühle mich vollkommen frei. Verstehst du mich, Frank?«
Frank wuchtete das erste Möbelstück aus dem Wagen.
»Ja, ich versteh dich. Geh rein und trink Kaffee oder mach sonst was. Aber lass mich ausladen.«
Marlene sprach weiter, als hätte sie ihn nicht gehört. »Trotzdem ist mir, als bewegte ich mich auf dünnem Eis, als könnte ich jeden Moment einbrechen. Ist das nicht verrückt?«
Frank stand jetzt im Wagen, eingezwängt zwischen Stühlen. Er fuhrwerkte herum. »Ja, ziemlich verrückt. Geh rein. Entspann dich, Marlene.«
»Du verstehst mich einfach nicht.«
»Erklär's mir später«, sagte Frank. »Du siehst doch, ich habe zu tun.«
Marlene griff sich zwei Stühle und trug sie ins Haus. Es hatte keinen Sinn, Frank ihre Gefühle beschreiben zu wollen.

Vor einigen Jahren waren sie noch befreundet gewesen, vor vier, fünf Jahren. Wie eigenartig, dachte Henry, zu glauben, eine Freundschaft könne ewig halten, durch nichts zerstört werden. Carl und Irene Mommsen. Was für ein beneidenswertes Paar waren die beiden, als sie die andere Hälfte des Hauses kauften und sofort bezogen. Er selber hatte sie ihnen vermittelt, weil er Wert darauf legte, kultivierte Nachbarn zu haben. Und Carl und Irene waren kultiviert. Die beiden hatten alles, was Henry sich wünschte.
Sie verhielten sich auch so. Am Vormittag ging Carl in sein Büro und Irene in ihre Werbeagentur. Sie hinterließen ein Haus, in dem sich nichts bewegte. Keine laufende Waschmaschine, keine, die Geschirr spülte, kein Mixer; er musste

keine Schritte hören, keine schlagenden Türen, kein Räuspern und kein Husten. Am Abend kehrten beide unternehmungslustig zurück. Das hatte Henry an ihnen gemocht, dass sie ein wenig verrückt waren.
»Und du, du bist wohl nicht verrückt?«, sagten sie.
Er kam mit seinen Überlegungen nicht weiter. Es war der Möbelwagen, der ihn irritierte. Der Mann in T-Shirt, Shorts und Riemchensandalen, der immer weiter Kisten ins Nebenhaus schleppte. Er war sicher gewesen, die Frau würde allein einziehen mit ihren Kindern. Warum, wusste er nicht. Der ständig hin und her laufende Mann war ihm jetzt schon widerwärtig.
Ein paar Jahre ungetrübter, wunderbarer Freundschaft waren das gewesen. An vielen Abenden saßen die Mommsens bei ihm, hörten aufmerksam seine Bänder an, bestärkten ihn weiterzumachen. Bis Irene ... Henry stand am Fenster und sah wieder hinaus. Warum half keine der Gören dem armen Mann beim Abladen und Reintragen? ... Irene hatte den Riss hineingebracht. Nur Frauen konnten Freundschaften zerstören, dachte Henry bitter.
Während dieses Essens nach der Aufführung seines ersten Klavierkonzerts hatte sie ihre Hand unterm Tisch auf sein Knie gelegt. Sie waren alle beschwipst gewesen. Irene hatte ihm gesagt, sie könne nicht mehr mit Carl leben, sie halte es nicht mehr aus. Irene sagte: »Henry, ich liebe dich!«
Er hatte dann keine ruhige Stunde mehr gehabt. Ihre Anrufe, ihre Nachstellungen. Und der ahnungslose Carl. Und er hatte sich doch fernhalten wollen von den Frauen. Diese Beziehungspause brauchte er dringend, er lebte getrennt von Sonja und fand nur ganz langsam wieder zu sich selber. Aber Irene ließ ihm keine Ruhe. Sie schickte Carl auf

Geschäftsreisen und legte sich in Henrys Bett. Er wusste keinen Ausweg. Er hatte nicht mehr arbeiten können. Aber er war unfähig, es Irene zu sagen. Irene war rothaarig, hatte einen hellen Teint und Sommersprossen. Und sie bewegte sich elegant. Wenn sie durch den Garten ging, hatte sie die Füße leicht ausgestellt wie eine Tänzerin, das Becken schob sie leicht vor, und bei jedem Schritt schwenkte sie unmerklich, aber dennoch unübersehbar ihre schmalen Hüften. Sie hatte Ähnlichkeit mit der Frau, die jetzt drüben in die andere Hälfte des Hauses einzog.

Henry fuhr sich mit der Zunge über die Lippen und trat einen Schritt zur Seite, um den mit zwei Sesseln bepackten Mann auf seinem Weg ins Haus besser sehen zu können. Mit dem würde er leichtes Spiel haben. Trotzdem wuchs seine Besorgnis bei jedem Möbelstück, das ins Nebenhaus getragen wurde. Er starrte auf die Straße. Ein gemieteter Möbelwagen. Diese Leute machten alles allein. Das hieß, die neuen Mieter hatten kein Geld oder sie waren krankhaft geizig. Die würden auch im Haus alles selber machen, tagelang Dübellöcher in die Wände bohren, hämmern, Türen und Fensterrahmen abschleifen.
Das Zimmer lag im Halbdunkel wie immer, seine Augenlider waren schwer, er musste sich anstrengen, dem Wunsch, sich ins Bett zu legen, nicht nachzugeben. Er durfte sich jetzt nicht gehen lassen.
Henry schob das Band in die Anlage. Nach einigen Minuten entspannte er sich. Was er da hörte, war nicht schlecht. Gemessen an dem von gestern. Es war sogar gut, es war ausnehmend gut. Er war völlig überrascht. Das war von ihm? Er musste sich das immer wieder sagen. Es geschah

nicht oft, dass er sich selber so überraschte, aber es kam vor. Wenn keine Störungen auftraten, konnte er es schaffen.

Er würde das Klavierstück, an dem er schon so lange arbeitete, zu einem internationalen Wettbewerb einreichen. Er hatte Chancen. Er kannte zwei Leute, die in der Jury saßen. Sie hatten ihn sogar aufgefordert mitzumachen. Aber zunächst das Musical. Schließlich musste er ja auch von etwas leben. Er hatte die Arbeit an dem Klavierstück unterbrochen, um sich nur noch den Kompositionen für das Musical zu widmen. Deshalb hatte er nun, da er sich wieder einmal mit seinem Klavierstück beschäftigte, auch ein schlechtes Gewissen.

Er nahm das Band wieder heraus.

Er wühlte in den Schubladen seines Arbeitstisches, fand endlich, was er suchte, und öffnete die kleine Schachtel. Dann steckte er das Ohropax in beide Ohren. Er verzog den Mund zu einem Grinsen, kniete sich vor die Anlage und drehte beide Lautsprecher gegen die Wand.

Dann drehte er auf.

7

Frank war dabei, das Bücherregal in Marlenes Zimmer aufzubauen, und Marlene öffnete die erste der Bücherkisten. Sie hätte gerne noch einmal darüber gesprochen, über ihr Glück, dieses Haus gefunden zu haben. Seit ihrer Kindheit, so kam es ihr vor, hatte sie nicht mehr erlebt, wie es war, einmal Glück zu haben. Vielleicht war es ja kindisch zu meinen, dass ein besonders verrückter Zufall ausgerechnet ihr

Carl Mommsen zugeführt hatte. Aber vielleicht hatte sie das ja einfach auch verdient. Ja, genau. Warum eigentlich nicht? Sie hätte es sich gerne von Frank bestätigen lassen.

Aber Frank verrichtete seine Arbeit schweigend, konzentriert und unbeirrt, so wie er alles tat. Also hielt sich Marlene zurück. Sie sagte nichts, aber sie dachte darüber nach, wie doch der Zufall einem Leben eine völlig neue Richtung geben konnte. Ihre Gedanken gingen voller Sympathie zu Carl Mommsen, während sie einen Stapel Bücher aus der Kiste hob.

Dann brach die Musik los. Marlene fuhr zusammen, der Stapel Bücher entglitt ihren Händen. Frank richtete sich auf. Von unten kamen die Stimmen der Kinder. »Wahnsinn« und »Super«, schrien Miriam und Cilli durcheinander.

Frank hielt das halb aufgebaute Regal fest, als könnte die Musik es umstürzen. »Der ist ja nicht ganz dicht.«

Marlene glaubte, die Jugendstilvase ihrer Mutter, die sie vorhin vorsichtig ausgepackt hatte, auf dem Tisch zittern zu sehen. Starr vor Schreck blickte sie auf die Vase. Aber sie blieb, merkwürdig genug, stehen. Nur die Fensterscheiben klirrten.

»Was ist das, Frank?«, schrie Marlene.

Er schrie zurück: »Richard Wagner. Walkürenritt.«

»Das weiß ich auch.«

»Nadja?«, schrie Frank. »Seit wann hört Nadja Wagner?«

Im Flur war es geringfügig weniger laut.

»Ich glaube, Frank«, sagte Marlene, »das ist ein Willkommensgruß meines Nachbarn.«

»Ach ja.«

»Er ist doch Komponist.«
»Na und, der Walkürenritt ist längst komponiert!«
Marlene ließ sich ins quer stehende Sofa fallen. »Er soll ein reizender Mensch sein.« Sie sah zu Frank hoch, der sie ansah, als wäre sie übergeschnappt. »Du hast halt keine Ahnung.«
»Wovon?«
»Von einem Komponisten.« Marlene hielt sich die Ohren zu und sagte: »Ich überlege, ob ich rübergehe und ihn zu einem Begrüßungssekt einlade.«
Die Musik schien sich in ihr Inneres zu bohren, ihr Bauchfell vibrierte, ihre Schläfen pochten.
»Warten wir noch einen Moment. Es wird schon aufhören«, schrie Frank durch den Lärm,
Marlene stand auf, schüttelte den Kopf. »Ich gehe.«
»Soll ich?« Frank schob sein Angebot unlustig durch die Zähne.
»Ich entschuldige mich für den Lärm, den wir heute gemacht haben. Wir müssen schließlich ein bisschen Rücksicht nehmen«, rief Marlene schon im Hinausgehen.
»Träume ich?«, sagte Frank bissig. »Wir müssen Rücksicht nehmen?«

Im Badezimmer warf Marlene einen prüfenden Blick in den Spiegel. Einen Moment glaubte sie, er würde von der Wand ins Waschbecken fallen und zersplittern. Ein Willkommensgruß? Eher wirkte die Musik wie ein Angriff auf Leib und Seele. Es war nicht zu bestreiten. Kein Mensch konnte das aushalten. Sie würde es ihm erklären. Und ihn auf ein Glas einladen. Wenn es ihm recht wäre, am besten gleich. Sie würde sich sehr freuen.

Marlene steckte ihre Haare hoch. Dann verrieb sie das Parfum im Nacken. Danach zog sie ihre Lippen nach und nickte sich im Spiegel zu. Sie fand, dass sie gut aussah.
Nach fünf Minuten kam sie zurück.
»Und?«, fragte Frank mit lauter Stimme. »Was ist? Weder ist die Musik leiser, noch hast du den Herrn mitgebracht. Was ist?«
Marlene sagte nichts. Sie ging zum Fenster und schaute in den Garten.
»Hast du ihn gesprochen?«, schrie Frank in Richtung Fenster.
Marlene schrie zurück: »Ja.«
»Muss man dir alles aus der Nase ziehen?«
»Ich brauch erst mal einen Kaffee.«
Frank gab auf, seufzte und wollte sich weiter dem Aufbau des Bücherregals widmen.
»Komm mit«, rief Marlene.
In der Küche konnten sie sich fast ohne zu schreien verständigen. »Weißt du, was er gesagt hat?« Marlene ließ langsam den Zucker in ihre Tasse rieseln. »›Ich bin ein hart arbeitender Mensch, und alles, was ich brauche, ist Ruhe. Haben Sie verstanden? Ruhe!‹ Das hat er mir gesagt.«
»O Gott«, sagte Frank.
»Er musste schreien, Frank. Sonst hätte ich ihn nicht verstanden.«
»Und nun? Worauf musst du dich gefasst machen? Auf Terror ohne Ende?«
»Vielleicht. Ich weiß nicht.«
Marlene schob ihre Tasse wütend von sich. »Aber nicht mit mir.«
»Was willst du denn machen?«

»Ich geh nochmal rüber. Der hat ja die Tür sofort zugeknallt. Ich hab weder piep noch papp sagen können.« Marlene riss die Haustür auf. »Der kann was erleben«, schrie sie Frank zu, der nur noch seinen Kopf schüttelte.
Im gleichen Moment war es still. Die Musik brach schlagartig ab. Im Haus war es plötzlich so still, dass Marlene glaubte, gleich würde etwas Schreckliches geschehen. Sie stand einen Moment bewegungslos da, die Klinke der Haustür noch in der Hand, und lauschte. Die Stille hielt an.

8

»Sag mal, bist du wahnsinnig!«
»Eher wohl du! Schalt die Musik wieder an! Das hier geht dich einen Dreck an.«
»Und wie mich das was angeht.«
»Verschwinde. Du platzt einfach bei mir rein. Ich kann dich nicht brauchen.«
Obwohl es nun still in Henrys Arbeitszimmer war, schrien die beiden Männer weiter aufeinander ein.
»Nimm erst mal das Zeug aus den Ohren.«
»Ich denke nicht daran.«
»Henry. Ich hab dir was mitzuteilen. Nimm diese Pfropfen raus. Sonst tu ich's.«
»Komm mir nicht zu nahe. Was immer ich in meinem Haus mache, bestimme ich.«
Das Arbeitszimmer lag im Halbdunkel, kein Sonnenstrahl drang herein. Nur der Schein der Lampe auf dem Tisch erhellte die darauf liegenden Notenblätter. Henrys Besucher wurde plötzlich grob. Er stieß den Komponisten heftig vor

die Brust, sodass Henry rücklings in einen Sessel fiel. »Es reicht!« Ben zog die schweren Vorhänge auf. Sonnenstrahlen fielen auf die Teppiche. Dann knipste er die Arbeitslampe aus. »Was läuft hier eigentlich? Du hast neue Nachbarn, stimmt's?«

Henry hing im Sessel. »Was dachtest du denn?«

Er befreite seine Ohren vom Ohropax. »Dass ich selber Spaß an dem Lärm habe? Ich muss sie wieder loswerden. Ohne großes Aufsehen.«

Er beugte sich vor und lauschte.

»Hörst du nichts? Sag mir nicht, dass du nichts hörst. Da reden doch welche nebenan. Sie reden doch laut, oder? Ich kann das nicht ertragen.« Henry sah mit düsterer Miene auf seine Hände. »Alles ist mir auf einen Schlag durcheinander gekommen. Alles.«

Er sprang auf, baute sich vor dem Sofa auf, wo sich Ben inzwischen ausgestreckt hatte. Über seinem Gesicht lag ein Kissen. »Hörst du mir zu? Wenn du meine Sorgen nicht anhören willst, bist du ein Scheißagent. Hör zu, Ben.«

»Ich hör zu«, kam es unter dem Kissen hervor. »Aber beeil dich. Ich hab nicht mehr viel Geduld.«

»Mommsen«, schrie Henry, »Carl Mommsen hat mir eine Familie hier reingesetzt. Und weißt du, warum? Er will mich kleinkriegen. Mein früherer Freund weiß genau, was er tut. Er hat sich 'ne Menge Zeit gelassen. Diese Frau mit ihren drei Töchtern hat er wahrscheinlich unter hundertachtzig Bewerbern ausgesucht. Vermutlich bezahlt er die Frau, damit sie mich kaputt macht. Aber nicht mit mir. Der gute Carl wird sich wundern. Die sind bald wieder draußen. Da kann er Gift drauf nehmen.«

Ben nahm das Kissen vom Gesicht und setzte sich mit ei-

nem Ruck auf. »Gut, Henry«, sagte er. »Jetzt halt mal für zwei Minuten die Luft an und hör mir zu. Vergiss dein Klavierstück. Darauf wartet sowieso kein Mensch. Aber …« Er schob die auf dem Parkett gestapelten Notenbücher zur Seite. »Jetzt kommt's. Gregory ist von den ersten Melodien für das Musical begeistert. Stell dir das mal vor. Gregory! Ist dir klar, was das bedeutet?«
Ben warf sich wieder aufs Sofa und schleuderte das Kissen auf den Boden.
Henry hob das Kissen auf, klopfte es zurecht und platzierte es wieder in der Sofaecke. »Um Gottes willen. Auch noch Gregory!«
»Was denn, was denn? Ist er dir etwa nicht gut genug? Du kannst es dir nicht aussuchen, und Gregory ist der Größte in der Branche!« Ben deutete auf die Arbeitsblätter auf dem Tisch. »Dein Klavierstück legst du jetzt zur Seite. Du arbeitest ab heute nur noch an dem Musical. Das hab ich Gregory versprochen. Du wirst berühmt werden wie dein Vater. Na, was sagst du?«
Er schlug die Beine übereinander und warf dabei den Zeitungsstapel von dem kleinen Beistelltisch. Henry hob die Zeitungen auf und legte sie akkurat Kante auf Kante an den alten Platz zurück. »Was soll der Vergleich mit meinem Vater. Er war Pianist. Er hat Beethoven, Schubert und Chopin gespielt. Ich bin Komponist. Falls du das vergessen hast.«
»Ich sagte nur, dass du berühmt wirst. Mehr nicht.«
Ben ging zur Tür. »Übermorgen haben wir einen Termin bei Gregory. Ich hol dich ab.«
»Vielleicht fragst du mich mal, ob ich überhaupt einverstanden bin. Ich habe ein Problem. Hast du das noch im-

mer nicht kapiert? Ich muss diese Frau wieder rauskriegen. Vorher kann ich sowieso nicht arbeiten. Und wenn du wirklich so ein guter Agent bist, dann hilfst du mir erst einmal dabei!«
Er sprach es in die Luft. Ben war weg.

Es folgte eine quälende Nacht. Henry bildete sich ein, kein Auge zugetan zu haben. Unruhig hatte er sich hin und her gewälzt. Auch die Entspannungsübungen – ›mein linker Arm ist schwer, mein rechter Arm wird schwer, gleichmäßig atmen, selbstverständlich atmen, es atmet mich, meine Beine werden schwer, ich bin völlig ruhig und entspannt‹ – verfehlten diesmal ihre Wirkung. Irgendwann musste er dann aber doch eingeschlafen sein, sonst wäre die Nacht noch viel länger gewesen.
Und jetzt war draußen ein strahlender Morgen. Das vermutete er wenigstens. Er hasste helle Tage. Henry sah auf die Tasse in seiner Hand. Der Kaffee würde nicht viel helfen. Der Tag hatte unmöglich angefangen, und so würde es weitergehen. Schwärzer als sein Kaffee war dieser Tag. Wer weiß, wann er diese Frau so weit gebracht haben würde, wieder auszuziehen. Und wie das alles in Einklang zu bringen war mit der Arbeit an einem Musical. Er ärgerte sich über Ben, der ihn antrieb. Der keine Rücksicht auf seine Situation nahm, auf sein Befinden, ehrgeizig und ungehobelt, wie er war.
Dann die Sache mit der Schlaflosigkeit und die winzige kahle Stelle, die er im Spiegel plötzlich entdeckt hatte. Die Überlegung, ob er ihr mit einem Haarwuchsmittel zu Leibe rücken sollte, verwarf er schnell wieder. Das würde eine Menge Geld kosten und am Ende doch nichts bringen.

Henry begann sich Gedanken über den körperlichen Verfall zu machen. Die vier Weibsbilder und der Kerl dort drüben, in der anderen Hälfte des Hauses, würden kräftig dazu beitragen.
Er war mitten in der Krise.
Die Aussicht, dass er seinem Vater immer mehr ähneln könnte, gab ihm den Rest. Der berühmte Pianist, der alle Kollegen hasste. Der unter Verfolgungswahn litt. Der ein Schwerneurotiker gewesen war. Was, wenn er auch allmählich dahin kommen würde. Und nichts dagegen zu unternehmen wäre. Es zu wissen, hieß noch längst nicht, sich dagegen wehren zu können.
So sah sein Leben im Moment aus.
Er war einundvierzig.
Henry Schaaf ließ den frisch eingeschenkten Kaffee in der Küche stehen, ging nach oben, zurück in sein Arbeitszimmer.
Seine Hand zitterte, als er die Reihe der gespitzten Bleistifte, die Ben durcheinander gebracht hatte, wieder gerade rückte. Gerade rücken musste.
Er nahm sich vor, Ordnung zu schaffen. In seinem Kopf und überhaupt. Er versuchte, sich an alles zu erinnern, was Ben, ohne zu fragen, wie es ihm gehe, hingeworfen hatte.
Oder sollte er nicht doch lieber versuchen, ob er mit seiner Komposition weiterkam. Die penibel aufgeschichteten Notenblätter links auf dem spiegelnden Ebenholz des Bösendorfer Flügels enthielten die ersten anderthalb Sätze seines geplanten Klavierkonzertes. Rechts lagen, nicht weniger akkurat gestapelt, die Noten für das Musical. Seine Augen wanderten vom einen Stapel zum anderen und wieder zurück. Henry konnte sich nicht entschließen. Er ließ seine

Hände auf die Tasten fallen. Ein dissonanter Akkord erklang. Wütend warf Henry den Klavierdeckel zu.
Er ging aus dem Haus und lief, ganz gegen seine Art, ein paar Stunden lang zuerst durch die Stadt, dann durch den Kiefernwald und an einem zauberhaften kleinen See entlang. Wann war er zum letzten Mal hier gewesen? Das war Jahre her. Ihm genügten sein Garten, den er sorgfältig pflegte, seine vier Wände und sein teurer Konzertflügel. Natur – das war der Luxus armer Leute.
Henry kam erst gegen Abend wieder nach Hause, und er hatte das Gefühl, ein neuer Mensch zu sein. Und da überraschenderweise von nebenan kein Lärm zu hören war, setzte er sich an sein Klavier und begann zu spielen – nicht das, was er längst auf den Notenblättern festgehalten hatte und was er mal für genial, mal für abgrundtief schlecht hielt, je nach Stimmung. Es war eine neue Melodie, die plötzlich in seinem Kopf aufgestiegen war.

Im Haus nebenan saß Marlene alleine zwischen Kisten und Kartons in ihrer Küche. Sie hatte eine teure Flasche Rotwein aufgemacht und süffelte den Chianti Classico in kleinen Schlucken. Die drei Mädchen waren müde ins Bett gesunken, Frank hatte sich rasch verabschiedet – »irgendwer muss ja den geliehenen Lastwagen zurückbringen« – und war fast fluchtartig verschwunden. Marlene hatte beide Fenster weit geöffnet und sog die kühle Nachtluft ein, die noch immer die Spuren köstlicher Gerüche aus dem Garten mitführte. Da plötzlich horchte sie auf. Wie aus weiter Ferne perlten ein paar Töne durch die Nacht, eine kleine Melodie, anmutig, verspielt, federleicht. Der Pianist spielte nur mit der rechten Hand, markierte das Thema, wiederholte es, variiert es, kam zu der ursprünglichen Form zurück. Jetzt gesellten sich Akkorde hinzu, zögernd, wie es ihr schien, aber sie rahmten die kleine Melodie bald schon harmonisch ein. Marlene summte leise mit. Die Tonfolge ging leicht in den Kopf. Schön war das. Sie spürte, wie sich ihre Nackenhärchen aufstellten – ein untrügliches Zeichen dafür, dass sie einem Gefühl erlag. Wenn das der Nachbar war, konnte er unmöglich so ein Ekel sein, wie es ihr die ganze Zeit erschienen war. Marlene beschloss, noch einmal auf ihn zuzugehen. Schließlich: Er war ein Künstler, sie selbst war auch eine Künstlerin. Da verständigte man sich doch leichter, als wenn man aus ganz unterschiedlichen Welten kam.

9

Der nächste Tag verlief ruhig. Im Nachbarhaus war keine Bewegung wahrzunehmen. Die Mädchen waren in der Schule. Marlene räumte die Bücher ins Regal. Diesmal hatte sie sich vorgenommen, die Werke nach dem Alphabet ihrer Verfasser zu ordnen – eine Puzzlearbeit, die ihr Spaß machte. Manchmal horchte sie zur anderen Doppelhaushälfte hinüber. Sie hätte sich gewünscht, wieder unbemerkt an Schaafs kompositorischer Arbeit teilnehmen zu können. Aber beim Nachbarn herrschte Stille. Wie war das nun …? Ja, zuerst Heinrich Mann, dann Thomas Mann, dann erst Molsner …

Henry Schaaf hatte bis lange in die Nacht hinein gearbeitet. Erst im Morgengrauen war er zu Bett gegangen. Er hatte bis zum späten Nachmittag geschlafen. Jetzt setzte er sich an seinen Arbeitstisch, um die Melodien, die ihm in der Nacht nur so zugeflogen waren, aufs Notenpapier zu bringen. Da, was war das, ein Pling, dann ein seltsames Klacken. Wieder das Pling. Jetzt ein leises Klirren, als ob Gläser gegeneinander stießen. Und nun begann diese Person nebenan auch noch zu singen … Und war das nicht überhaupt die Melodie, die er am Vorabend erfunden hatte?

Frank hatte versprochen, Pizza mitzubringen. Die Mädchen wollten spätestens um sieben Uhr zu Hause sein. Marlene deckte den Tisch. Dazu sang sie leise und ohne darüber nachzudenken, wie ihr die Melodie in den Kopf gekommen war.

Plötzlich röhrten im Nachbarhaus die Lautsprecher der Stereoanlage los. Diesmal war es der Triumphmarsch aus »Aida«. Ungläubig starrte Marlene aus dem Fenster. Nebenan öffnete sich die Haustür. Henry Schaaf trat heraus, schwang sich auf sein Fahrrad und radelte davon.

Eine Stunde später. Die Kinder aßen schweigend und sahen die beiden Erwachsenen nicht an. Sie saßen in der Küche, die leeren Pizzakartons lagen auf den Kisten mit unausgepacktem Geschirr.

Marlene war blass. Und sie aß ebenso wie die Mädchen schweigend ihre Pizza. Die Musik von nebenan dröhnte nach wie vor in unverminderter Lautstärke. Jetzt war es Verdis »Rigoletto«. Es war egal, in welchem der Räume sie sich aufhielten, die Musik war überall. Sie füllte die Zimmer, drang in ihre Köpfe und lärmte dort weiter. Dumpf, laut, unerträglich.

Frank legte sein Besteck hin. »Wir sollten wirklich etwas unternehmen«, sagte er in seiner langsamen Art.

»Sag mir, was.« Marlene drehte ihr leeres Glas auf dem Tisch hin und her.
»Die Polizei rufen. Was sollen wir sonst machen?«
»So was mag ich nicht.«
»Was heißt, so was magst du nicht? Die weisen deinen Nachbarn darauf hin, dass das nicht geht.«
»Genau«, sagte Miriam. »Wir können den anzeigen.«
Marlene schwieg.
»Ich versteh dich nicht, Marlene«, sagte Frank und kaute dabei weiter. »Der Kerl hat seine Anlage hochgedreht, und dann ist er weggegangen. Am Abend. Das muss man sich mal vorstellen. Dreht auf, lässt die Boxen brüllen, so laut sie können, und verlässt das Haus. Wahrscheinlich hat er ein Programm für die ganze Nacht zusammengestellt. Das wird sich noch steigern, verlass dich drauf!« Frank fuhr mit beiden Armen durch die Luft. »Setzt sich auf sein Fahrrad und ist weg.« Er lachte fassungslos.
»Wer weiß, wann der wiederkommt«, sagte Miriam. »Und wir sollen das immer weiter aushalten?«
Marlene sah aus, als ginge alles an ihr vorbei. Als hörte sie die Klagen der anderen nicht.
»Wir schlagen eine Fensterscheibe ein, gehen rein und stellen ab«, war Nadjas Vorschlag.
»Das ist Hausfriedensbruch«, sagte Frank. »Nein, so kommen wir nicht weiter.«
Marlene schenkte sich Rotwein nach und schwieg.
»Mama!« Miriam sagte es sehr laut.
»Wahrscheinlich kommt der erst morgen wieder zurück.« Nadja gähnte. »Das wird 'ne tolle Nacht.«
Marlene sprang so rasch von ihrem Stuhl auf, dass alle sie verwundert ansahen.

»Na bitte«, sagte Frank und sah zu Marlene hoch. »Jetzt musst du uns nur noch sagen, was du vorhast.«
»Ich werd mit ihm reden. Das hatte ich sowieso vor.«
»Und wie?«, schnappte Frank. »Wie mit jemandem reden, der abwesend ist? – Reden«, Frank warf die Arme in die Luft. »Mit solchen Menschen kann man nicht reden. Handeln müssen wir, handeln.«
»Reden ist auch handeln, Frank.«
»Aber meistens ergebnislos.«
»Ich mache das eben so. Das ist mein verdammter Nachbar, und ich muss mit ihm klarkommen. Und ich begebe mich nicht auf sein Niveau. Ich mach's auf meine Weise.« Marlene blitzte entschlossen in die Runde am Tisch. »Wie sehe ich aus?«
»Cool«, sagte Miriam.

10

Es wurde dunkel, die Straßenbeleuchtung ging an. Marlene hörte nun hier draußen Verdis »Macht des Schicksals«. Seit ungefähr einer Stunde saß sie auf den Steinstufen, die zur Haustür des Nachbarn hinaufführten, entschlossen, notfalls die ganze Nacht hier zu verbringen. Allmählich hatte der Druck sich gelöst, sie fühlte sich leicht, und sie wusste genau, wie sie ihren Nachbarn empfangen wollte, welche Sätze sie ihm entgegenschleudern würde.
Vorhin, als sie beim Essen saßen, sie, Frank und die Kinder, und die Musik wieder losbrach, hatte sie noch versucht, das Ganze von der komischen Seite zu nehmen. Aber das war jetzt vorbei. Sie stand auf.

Männer. Wie sie verstehen? Und warum? Sie hatte keine Ahnung von dem, den sie erwartete. Nichts wusste sie über ihn. Aber sie hoffte, dass er bald käme. Ein für alle Mal musste sie klären, dass mit ihr auf diese Weise nicht umzuspringen war. Mit ihr nicht mehr.

Früher hatte sie sich manches gefallen lassen, weil sie glaubte, sie zu durchschauen, die Männer. Sie zu durchschauen hieß, ihre Beweggründe zu kennen und zu wissen, wie sie sich jeweils verhalten würden. Und schon saß man in der Falle. Versuchte man erst, sie zu verstehen, war man auch bereit, ihnen zu verzeihen.

Marlene drückte ihren Rücken durch, machte sich steif, als sie die Geräusche eines näher kommenden Fahrrads hörte. Ihr Nachbar fuhr heran, bog auf seinen Weg ein und ließ das Tor seiner Garage hochgehen. Er schob das Fahrrad an seinen Platz, kam mit großen Schritten wieder heraus.

Er beachtete Marlene, die vor seiner Haustür stand, nicht.

»Guten Abend!« Marlene warf den Gruß zu ihm hinunter wie einen Scheuerlappen.

Das Garagentor schloss sich wieder. Marlenes Nachbar reagierte nicht, und Marlenes Kopf war augenblicklich vollkommen leer. Das, was sie sich zurechtgelegt hatte, ein paar Sätze, die sie ihm höflich, aber bestimmt entgegenschleudern wollte, gebündelt durch ihre Wut, das alles war verschwunden, einfach weg.

Ihr war klar, dass sie anders vorgehen musste, weil einem Ignoranten nicht mit Wut beizukommen war.

Er näherte sich der Treppe, stieg die Stufen hoch, seine Arme hingen herab, er tat, als bemerke er Marlene nicht.

»Guten Abend«, wiederholte sie. »Marlene Hagedorn. Ich habe mir erlaubt, auf Sie zu warten.«

»Und weswegen?«

Er ging an ihr vorbei und fummelte mit seinem Haustürschlüssel herum. Er war groß und musste sich bücken, um das Schloss zu finden.

»Sie hören so entsetzlich laute Musik?«

»Ja?«

»Seit gestern haben Sie Nachbarn. Kann es sein, dass Sie uns ärgern wollen?«

Die Haustür stand nun offen, und Marlenes Nachbar ging ins Haus. »Ich versteh nicht ganz«, sagte er, sah kurz zu Marlene hin und kniff die Augen zusammen.

»Sie verstehen mich sehr gut.« Marlene hörte sich selber zu, ihr schien, als klirre ihre Stimme vor Kälte. Und gleichzeitig dachte sie, schade. Schade, dass sie dazu gezwungen wurde, sich so aufzuführen. Bei der ersten Begegnung mit ihrem Nachbarn. Sie war neugierig gewesen. Und nun? Sie wehrte sich gegen ein vorschnelles Urteil. Aber sie schaffte es nicht. Der Nachbar war entweder ein vollkommen in sich zurückgezogener Mensch, oder er war extrem bösartig. Im Augenblick wollte sie sich aber noch nicht mit den Folgen der zweiten Möglichkeit befassen. Sie versuchte ein Lächeln. »Ich bin nicht hier, weil ich Langeweile habe«, sagte sie. »Ich möchte Ihnen sagen, Ihre Musik ist zu laut. Und wenn Sie das Haus verlassen, sollten Sie sie ausmachen.«

Marlenes Nachbar hob pikiert seine Augenbrauen. Als hätte jemand ein unglaubliches Ansinnen an ihn gestellt.

»Warum?« Er machte Anstalten, seine Haustür vor Marlenes Nase zu zuschlagen.

Marlene wusste, dass Frank und die Kinder sie vom Fenster aus beobachteten. Sie spürte ihre Blicke, und sie spürte

ihre Erwartungen. Sie musste mit ihm fertig werden. Blitzschnell stellte sie ihren Fuß in die Tür.
Der Gesichtsausdruck ihres Nachbarn zeigte Überraschung. Er starrte auf Marlenes Fuß. »Ich möchte die Tür schließen. Bitte nehmen Sie Ihren Fuß da weg.« Seine Stimme flatterte.
»Nein!«, sagte Marlene.
»Bitte nehmen Sie Ihren Fuß da weg«, wiederholte er.
Marlene sah, wie er sich bemühte, gelassen zu bleiben. Sie sah auf ihren Fuß in seiner Tür, dann sah sie ihrem Nachbarn ins Gesicht. »Ich nehme ihn nur unter bestimmten Bedingungen weg«, sagte sie. »Wenn Sie den Lärm beenden. Dann nehme ich meinen Fuß aus Ihrer Tür.«
Ihr Nachbar starrte Marlene an. Er gab einen undefinierbaren Laut von sich. Dann trat er einen Schritt zur Seite, fingerte irgendwo an der Wand, und es war still. Henry Schaaf sah Marlene Hagedorn wortlos an. Zu ihrer großen Überraschung drückte sein Blick so etwas wie Leiden aus, grade so, als wollte er sagen: ›Jeder betrügt mich. Alles ist nur eine große Verschwörung.‹
Er sagte »Das war's« und wedelte mit einer Hand. »Und jetzt darf ich Sie bitten.«
»Natürlich.«
Marlene nahm ihren Fuß weg. Zauberte ein Lächeln herbei und sagte: »Danke.«
Mehr nicht. Sie wandte sich um, ging die paar Stufen so gemächlich und langsam hinunter, wie es ihr möglich war.
Oben schlug die Tür mit einem Knall zu.
Als sie auf ihre Haustür zulief, fiel ihr ein, was sie Frank versucht hatte zu schildern. Mir ist, als bewegte ich mich auf dünnem Eis. Sie ging ins Haus. So ein Blödsinn, dachte sie.

Sie saßen alle noch in der Küche. Die Mädchen lachten und schrien durcheinander. »Was hat der Typ gesagt?«, fragten sie. »Was hast du gesagt?«
»Es war überhaupt kein Problem.« Marlene setzte sich. »Ich glaube, er tickt einfach nicht ganz richtig.«
Frank sah sie prüfend an. »Was soll denn das heißen?«
»Das heißt, es kommt was auf mich zu.«
»Was bitte kommt auf dich zu?«
Marlene war plötzlich gereizt. »Frank, ich weiß es doch auch nicht.«
»Du hast dich ganz schön aufgeregt. Was soll das bloß werden? Stehen die Zeichen auf Kampf?«
Marlene überhörte die Frage. »Gibt's noch einen Rotwein für mich?« Sie griff kurzerhand nach der Flasche.
»Deine Hand zittert, Marlene.«
»Lass mich in Ruhe!«
Die Mädchen standen auf. Miriam sagte: »Ich glaub, wir verschwinden besser.«
Als die beiden Erwachsenen alleine am Tisch saßen, sagte Marlene: »Hör endlich auf, mich anzustarren.«
Frank murrte. »Ich überleg ja nur, wie ich dir helfen kann.«
»Ich schaff das schon. Mir muss niemand helfen.« Marlene lachte plötzlich. »Ich werde doch noch mit diesem Ekel fertig werden.« Sie hob ihr Weinglas. »Prost, Frank. Na komm schon, darauf stoßen wir an.«
Frank stieß gehorsam sein Glas an Marlenes Glas.

Henry Schaaf saß im Dunkeln in seinem Arbeitszimmer, auf dem Schemel vor dem Bösendorfer. Er starrte bewegungslos vor sich hin. Diese Frau hatte ihm für ein paar Augenblicke das Gefühl der Ohnmacht vermittelt. Henry

Schaaf war aus dem Gleichgewicht. Dieses Lächeln, das von ihren grünen Augen ausging und ihr Gesicht von einer Sekunde auf die andere weich und freundlich erscheinen ließ. Was für eine Verstellung bei einem Wesen, das doch nichts anderes vorhatte, als ihn zu vernichten!
Im Nachbarhaus fiel eine Tür ins Schloss. Henry lief hinüber ins Wohnzimmer, sah durchs Fenster, auf die Straße. Der Mann verabschiedete sich am Tor von der Frau. Demnach gehörte er wohl kaum zur Familie. Henry ließ das Rollo herunterknallen. »Herrgott nochmal«, sagte er laut.
Er verließ das Wohnzimmer. Stellte sich vor sein Bett, unschlüssig, ob er sich hinlegen sollte oder nicht. Schließlich legte er sich darauf, versuchte zu dösen. Klarheit über die Dinge entstanden häufig im Halbschlaf. Er redete sich gut zu. Morgen musste er Ordnung in seine Angelegenheiten bringen.
Aber wie? Er richtete sich wütend auf. Schon wieder drängte sich diese Frau in seine Gedanken.
»Weiber«, rief er, während er die Treppe hinunterlief. Seine Zunge pappte am Gaumen. Er hatte vor, ein Bier zu trinken, in der Küche, in aller Ruhe, um es dann nochmal zu probieren. Sich hinlegen und schlafen.
Dann zog er, einer plötzlichen Eingebung folgend, seine Schuhe an.

11

Marlene starrte auf die Kisten, die sich vor ihrem Bett stapelten. Sie saß im Nachthemd auf der Bettkante, es war zwei Uhr morgens.

Sie hatte es mit autogenem Training versucht, ohne den geringsten Erfolg. Sie hatte sich vor den Fernseher gesetzt, eine Stunde einem Film zugesehen, von dem sie jetzt nicht das Geringste mehr wusste. Aber müde geworden war sie nicht. Bisher hatte das immer funktioniert. Heute klappte gar nichts.

Marlene stand wütend auf und zog sich an. Leise ging sie die Treppe hinunter.

An allem, was heute schief gelaufen war, trug der Nachbar die Schuld. Er war auch verantwortlich dafür, dass sie vor drei Stunden, mitten in der Nacht, durch die leeren, stillen Straßen gelaufen war und dass sie jetzt völlig außer sich war.

Sie drehte sich um. Es brannte noch Licht da oben, im Nachbarhaus. Der Vorhang war halb zur Seite gezogen.

Marlene war ratlos. Sie hatte ihm heute die Stirn geboten, aber der Nachbar würde zum Gegenschlag ausholen. Da gab es für sie keinen Zweifel.

Schon nach fünf Minuten war sie am Kanal angekommen. Dunkel und reglos lag das Wasser. Über ihr wölbte sich ein klarer Sternenhimmel. Vom Kanal her wehte ein kalter Hauch. Marlene ging langsam den Uferweg entlang, bis zu dem klassizistischen Pavillon und dem Hildebrandt-Brunnen.

Sie setzte sich auf die Stufen, die zum Wasser zeigten. Nicht mal ein Taxi fuhr vorbei. Die zweigeschossigen Häuser, deren Umrisse sie durch die Bäume erkennen konnte, wirkten wie eine romantische Kulisse.

Marlene warf ein paar kleine Steine ins Wasser. Sie hörte das leise Pflopp, pflopp, aber sie sah in der Dunkelheit die Kreise nicht, die sich um die versinkenden Steinchen bildeten.

Schön hätte es sein können. Allein, dass so etwas möglich

war, dass man so etwas tun konnte – nachts durch einsame dunkle Straßen gehen, dann einfach dasitzen und auf die dunkle Wasserfläche des Kanals schauen. Als wäre man der einzige Bewohner der Stadt.

Als sie den Kopf hob, erkannte sie die Venus und den Großen Wagen. Marlene hatte das Gefühl, als umfinge sie der gesamte Kosmos, geduldig, besänftigend. Sie atmete tief durch. Sie war nun völlig beruhigt. Sie würde alles schaffen. Morgen hatte sie einen Termin bei ihrer Bank. Die Kreditsumme, die sie beantragt hatte, würde sie für die Renovierung des bisherigen Hobbyraumes im Keller verwenden. Frank hatte sich bereit erklärt, Parkett zu legen und Spiegel an den zwei Längswänden anzubringen. Der Raum war wunderbar geeignet, und in drei, vier Wochen konnte sie mit dem Unterricht beginnen. Bisher hatte sie mit ihren Schülern in angemieteten kalten Garagen arbeiten müssen. Alles wird gut, dachte Marlene.

Im Halbdunkel sah sie plötzlich eine Gestalt die Straße überqueren. Sehr langsam, wie im Zeitlupentempo. Die Gestalt kam aus ihrer Straße.

Bitte nicht, dachte Marlene und verspürte den dringenden Wunsch, sich in Luft auflösen zu können. »Mist«, flüsterte sie vor sich hin und sah von der Rückseite des Pavillons aus zu, wie ihr Nachbar unaufhaltsam näher kam, direkt auf die breiten Steinstufen zu. Wie er sich niederließ. Einen Augenblick saß er bewegungslos, dann zündete er sich langsam eine Zigarette an.

Marlene konnte die Glut sehen, konnte sehen, wie ihr Nachbar hektisch an seiner Zigarette zog. Es war nicht zu fassen. Marlene hielt vorsichtshalber beide Hände vor ihren Mund, vor Angst, sie könnte vor Wut und Erregung das Lachen nicht zurückhalten. Sie stand mit dem Rücken an die Steinmauer gepresst und versuchte verzweifelt, keinen Laut aus ihrer Kehle zu lassen. Nach ein paar Sekunden war die Gefahr vorüber, der Lachanfall tatsächlich abgewehrt.

Marlene wollte sich keine Minute länger hier herumdrücken. Und warten, bis der Nachbar sich entschließen würde, den Nachhauseweg anzutreten, wollte sie erst recht nicht. Dann kam ihr der Gedanke, er könnte ihr folgen, wenn er sie bemerken würde. Es ging gar nicht anders. Er musste sie bemerken, denn der Weg führte seitlich an den Steintreppen vorbei. Seine Beschimpfungen würden durch die stille Nacht hallen. Er kam ihr so unberechenbar vor.

Marlene ballte eine Hand zur Faust. Wie wütend sie war. Trotzdem blieb sie weiter stehen und wartete ab.

Ihr Nachbar zündete sich die nächste Zigarette an der Glut der vorigen an. Marlene stöhnte leise. Das Gefühl, dass es nur auf sie ankam und sie alles schaffen würde, war wie weggeblasen. Sie starrte auf die Zigarettenglut.

Ein Zeitungsausträger fuhr auf seinem Fahrrad die Straße entlang.

Sie konnte auch einfach hingehen und sagen: »Hallo, Herr Schaaf, machen Sie auch einen Nachtspaziergang? Schön sind diese Sommernächte ...« Oder sonst irgendwelche nichts sagenden Sätze. Oder sie packte die Gelegenheit beim Schopf und schlug ihm ein Abkommen vor, wie man die neue Nachbarschaft friedlich und freundlich gestalten könnte. Stattdessen stand sie da und starrte zu ihm hinüber. Marlene kam sich vor wie ein Voyeur. Womöglich würde

ihr Nachbar noch Stunden dort sitzen und weiter Kette rauchen. Sie wollte nach Hause. Plötzlich machte sie sich entschlossen auf den Weg. Sie ging rasch zur Straße, dicht an einer Baumreihe entlang. Sie überquerte die Fahrbahn, lief einfach weiter, auf die Ecke zu, an der ihre Straße begann. In einem der Häuser sah sie hinter einem Fenster das Flimmern und Flackern eines Fernsehers. Es war jetzt drei Uhr morgens. Ihr war, als spürte sie die bohrenden Blicke Henry Schaafs in ihrem Rücken. Sie spürte sie wie Messerspitzen. Sie glaubte, Schritte hinter sich zu hören, die rasch näher und näher kamen. Sie war das Kind, das allein unterwegs war. Allein auf einsamen, dunklen Straßen. Verfolgt vom Schwarzen Mann. Sie lief schneller.
Als sie endlich ihre Haustür erreichte und sich umsah, war weit und breit kein Mensch zu sehen.

12

»Gibt es denn kein Sparbuch, keinen Bausparvertrag, keine Wertpapiere? Irgendetwas halt. Frau Hagedorn, es wäre gut, wenn es irgendetwas gäbe.«
Herr Kleinert, jung, frisch, dynamisch, war der zuständige Mann für Kredite. Er klopfte mit einem Kugelschreiber auf den kleinen Papierstapel vor sich auf der Tischplatte und sah Marlene freundlich, aber hilflos an.
»Keine Lebensversicherung?«
Marlene schaute auf den winzigen Silberring an seinem linken Ohr. Sie schüttelte den Kopf. »Bisher nicht.«
»Sie müssten mir irgendeine Sicherheit bringen. Es kann auch ein Bürge sein.«

Sie ließ ihren Blick langsam durch sein trostloses Büro mit den kleinen Grünpflanzen auf den Fensterbänken schweifen und kehrte dann mit ihren Augen zu seinem glatt rasierten Gesicht zurück. Er sah gelangweilt aus.

Julius Kleinert rollte den Kugelschreiber zwischen Daumen und Zeigefingern hin und her. Warum wollte diese Frau ein eigenes Unternehmen gründen? Warum in aller Welt wollte sie 50 000 Euro investieren? Unternehmensgründer waren heute 25, höchstens 28 Jahre alt und planten High-Tech- oder Internetfirmen. Sie sah gut aus … für ihr Alter, näher an vierzig als an dreißig, schätzte er. Aber das war kein Kriterium. Er wollte nicht einfach so sagen: ›Merken Sie denn nicht, dass es keinen Sinn hat?‹

»Es ist so«, sagte sie, als ob er das nicht schon längst begriffen hätte, »ich möchte aus einem großen Raum im Keller ein Tanzstudio mit Parkett und Spiegeln an den Wänden machen. So. Habe ich kein Studio, habe ich auch keine Einnahmen. Sie hacken der Schlange am falschen Ende den Kopf ab.«

»Sie haben niemanden, der für Sie bürgen könnte?« Herr Kleinert sagte es, als hätte er nichts gehört. »Dann hätten wir überhaupt kein Problem.«

Schon am Morgen hatte sich das alles abgezeichnet, irgendwie. Sie hatte es gewusst. Sie hätte heute gar nicht aus dem Haus gehen dürfen. Marlene stand auf. »Vergessen Sie's!«

Herr Kleinert erhob sich rasch, kam um seinen Schreibtisch herum und war mit wenigen schnellen Schritten an der Tür. »Ich bin jederzeit für Sie da«, sagte er im Gehen und zupfte an seinem Ohrring.

Marlene öffnete die Tür, bevor er es tun konnte.

Umdenken. Das Ganze wieder von vorn beginnen, nur anders. Ganz anders. Wie hieß es immer? Flexibel müsse man sein. Was zähle, sei Mobilität. Ja, ja, dachte Marlene, während sie durch den dichten Verkehr fuhr.
»Flexibel.« Sie ließ das Wort auf der Zunge zergehen. Vielleicht war es wirklich so, dass andere es lernen mussten. Sie war es immer gewesen. Und mobil dazu. Das bedeutete auch, sich jeweils provisorisch einzurichten. Im Provisorium leben, bloß nichts Endgültiges!
Sie übersah, dass die Ampel auf Grün umsprang. Die Autofahrer hinter ihr begannen wild zu hupen. Marlene ließ sich Zeit, legte den ersten Gang ein und kroch extra langsam über die Kreuzung, grinste durchs Fenster, als die aufgebrachten Fahrer sie überholten. Einer schlug sich mit der flachen Hand gegen die Stirn. Gut, dass sie nicht hören konnte, was er dabei sagte.
»Idiot«, sagte Marlene und nickte dem Fahrer freundlich lächelnd zu.
Sie hielt vor dem Getränkemarkt, ein paar Straßen von ihrem Haus entfernt. Sie fragte den Ladenbesitzer, ob er ihr Wasser- und Limokästen ins Haus liefern würde. Er notierte umständlich Straße und Hausnummer.
»Du lieber Himmel«, murmelte er vor sich hin.
»Bitte?«
Er warf Marlene einen vorsichtigen Blick zu. »Nichts«, sagte er dann.
Die Kundin, die neben Marlene wartete, musterte sie neugierig. Anschließend wechselten Kundin und Ladenbesitzer einen Blick, als wüssten sie genau über sie Bescheid.
Der Ladenbesitzer erbot sich, zwei Kästen mit Wasser zu Marlenes Auto zu tragen. Er klappte den Kofferraum zu

und sagte, einen mitleidigen Ton in der Stimme: »Nichts für ungut.«
Während er langsam in seinen Laden zurückschlurfte, stöckelte die Kundin auf sehr hohen Absätzen eilig auf Marlene zu. Sie wohne nicht weit von Marlenes Haus entfernt, auf der anderen Straßenseite, ein paar Häuser weiter. Und Marlene sei ihr auf der Straße schon aufgefallen.
Sie sprach schnell und beherzt, als wollte sie Marlene für die seltsame Situation im Laden um Entschuldigung bitten.
»Ich dachte mir fast, dass Sie ins Haus neben Herrn Schaaf gezogen sind«, meinte sie.
»Ach ja? Kriegt denn das jeder hier mit?«, wunderte sich Marlene.
Die Frau reagierte verlegen. »Na ja«, meinte sie, »eigentlich nur, weil es in letzter Zeit öfter einen Wechsel gegeben hat.«
Marlene wurde hellhörig. »Sie meinen, jemand zog ein und wieder aus?«
Die Frau sah an Marlene vorbei, die lange Straße mit den Pappeln hinauf. »Vorschlag«, sagte sie dann. »Fünf Minuten von hier gibt's ein hübsches Café. Haben Sie Lust auf einen Campari oder so was?«

13

Sie hieß Edita, sie war Anfang dreißig, und Marlene fand sie außerordentlich sympathisch. Das Café war groß und fast leer. Edita schaute in ihr leeres Glas. »Drei Töchter? Wahnsinn. Ich werde kaum mit einem Kind fertig. Meine ist sieben.«
Sie drehte sich dem Tresen zu, wo die Kellnerin stand.

»Wollen wir noch ein Glas nehmen?« Sie sah Marlene bewundernd an. »Wahnsinn«, wiederholte sie.
Marlene blickte unauffällig auf die große, runde Uhr an der Wand gegenüber. Bisher war kein Wort über ihren Nachbarn gefallen. Die Mädchen würden bald zu Hause sein. Der Gedanke an die Pleite bei der Bank bereitete ihr Kopfschmerzen. Sie war auf den Vorschlag der jungen Frau eingegangen, weil sie hoffte, etwas über Henry Schaaf zu erfahren, aber der schien Edita im Augenblick nicht zu interessieren.
»Mein Mann mag eigentlich nicht, dass ich auch arbeite.« Edita lachte. »Aber das ist mir egal. Ich muss was tun. Ich arbeite vormittags in einem Architekturbüro. Finden Sie das komisch?«
»Nein, wieso?«
»Weil Sie so nachdenklich dreinschauen.«
Marlene holte Luft, um etwas zu sagen, kam aber nicht dazu. »Na ja, er hat sich damit abgefunden. Wir führen eine, wie soll ich sagen, eine Ehe, die einfach stimmt. Und das seit acht Jahren. Manchmal glaub ich's fast selber nicht. Sie müssen ihn mal kennen lernen. Er organisiert Ausstellungen. Natürlich ist er viel unterwegs. Das gehört dazu. Kurz und gut. Wir lieben uns. Noch Fragen?«
Marlene lachte. »Das hört sich wirklich gut an.«
»Jetzt hab ich Sie ganz schön voll gequatscht«, sagte Edita, aber ein schlechtes Gewissen hatte sie dabei nicht. »Besuchen Sie mich einfach mal.« Und dann fragte Edita übergangslos: »Haben Sie den Herrn Schaaf schon kennen gelernt?«
»Ja.«
»Und?«
»Ich weiß nicht.«

»Haben Sie ihn schon gesehen oder auch gesprochen?«
»Gesehen, gesprochen und gehört.«
»Bitte?«, sagte Edita.
Marlene hatte plötzlich keine Lust mehr, über Henry Schaaf zu sprechen. »Ich muss los«, sagte sie. Sie rief nach der Kellnerin, um zu bezahlen.
Edita sah sie an. Sie beugte sich ein wenig über den Tisch. »Ich kenne jemanden, der wiederum ihn gut kennt. Daher weiß ich, was bei ihm abgeht.«
»Und was ist das?«
Edita zögerte kurz, bevor sie antwortete. »Er ist ein Dreckskerl«, sagte sie dann. Sie sah zur Theke hin. »Wollen wir noch einen Campari trinken?«
Marlene spürte einen Schleier vor den Augen. »Ich muss nach Hause. Die Kinder kommen aus der Schule.«
»Ein Egoist«, fuhr Edita unbeirrt fort. »Seine Frau hat ihn ja verlassen. Und als Musiker ...«, die junge Frau winkte nur geringschätzig ab. »Mein Mann meint ja, er ist schwul, aber wahrscheinlich ist er nicht mal das.« Sie lachte, als hätte sie einen Witz gemacht.
Marlene verzog keine Miene.
»Einen Kleinen können wir doch noch nehmen«, sagte Edita, als die Kellnerin nun an den Tisch kam.
»Tut mir Leid«, sagte Marlene bestimmt.

14

Marlene steuerte den Wagen vor die Garage.
Am Tor des Nebenhauses stand ein jungenhaft aussehender Mann mit ersten grauen Strähnen im gelockten Haar.

Er sah entnervt aus, als er zum Haus hin rief: »Beeil dich, wir sind spät dran. Hättest du den Garten nicht später gießen können?«
Marlene sah ihren Nachbarn in der Haustür auftauchen. Sie stellte den Motor ab und blieb sitzen. ›Ruhig‹, befahl sie sich, ›ganz ruhig bleiben!‹
Sie hörte, wie der Nachbar ausrief: »Nein. Weil Komponieren etwas mit Mathematik zu tun hat und weil Disziplin meinen Tag strukturiert. Deshalb kriegt auch mein Garten pünktlich Wasser.«
Marlene stieß die Fahrertür auf und sagte zu sich selber: »Oje.«
»Menschenskinder, Henry. Beeil dich«, klang es vom Nachbargrundstück herüber. »Gregory ist zwar weder Komponist noch Mathematiker, aber er legt trotzdem Wert auf Pünktlichkeit!«
»Ich beeile mich nie, weil das Energie abzieht. Was bist du für ein Agent? Du solltest das wissen«, hörte sie Henry Schaafs Stimme antworten.
Marlene stieg aus. Kümmerte sich nicht um die beiden Männer. Sie hievte einen der Mineralwasserkästen aus dem Kofferraum. Der fremde Mann sah zu ihr herüber und rief: »Kann ich Ihnen vielleicht helfen?«
»Danke nein.« Zusätzlich machte sie eine ablehnende Kopfbewegung. Der zweite Kasten kam ihr federleicht vor.
»Was ist, willst du dich noch länger unterhalten?« Henry Schaaf kam aus dem Haus. Marlene sah es aus den Augenwinkeln, am Rande der Wahrnehmung. Henry gab sich Mühe, Marlene zu übersehen. »Wir kommen zu spät, wenn du weiter hier rumtrödelst«, herrschte er den anderen an.
Marlene packte wütend den ersten Kasten und wuchtete

ihn die Treppe hoch. Als sie die Haustür aufschloss, hatte sie großes Mitleid mit sich selber.

Lautes, erbittertes, in rasender Wut ausgestoßenes Schreien. »Ich bleibe keine Minute länger hier.« Das war Nadjas Stimme. Marlene ließ ihre Last vor Schreck auf den Küchenboden krachen.

Nadja stand unter der Küchentür, und ihre Zähne schlugen vor Wut aufeinander. Nass, klatschnass. Marlene starrte Nadja an.

»Ich zieh aus«, schrie Nadja.

Um ihre Füße bildete sich eine Lache, aus ihrem schwarzen, schweren Wollpullover lief unentwegt Wasser, auch aus ihren Haaren, aus ihren Jeans, aus den schwarzen Stiefeln.

»Was ist passiert?«

»Der Sauhund! Den bring ich um!«

»War das unser Nachbar?«, fragte Marlene mit gefährlich ruhiger Stimme.

»Ich ziehe zu Papa!«

»Ich hab dich gefragt, ob das der Nachbar war«, schrie Marlene so unvermittelt und laut, dass das Mädchen seine Mutter perplex anstarrte.

»Was schreist'n mich an?«

Marlene durchquerte die Küche, ein paarmal lief sie hin und her, dabei schwang sie eine Faust. »Das wird der Kerl büßen, ich versprech's dir.« Marlene zog Nadja an ihre Schulter, streichelte ihre nassen Haare.

»Ruhig. Ganz ruhig. Bloß nicht aufregen. Wie hat er es denn gemacht?«

»Mit dem Gartenschlauch! Erst hat er mich blöd angemacht, ob ich mir nicht noch 'ne Wolldecke holen wollte

zum Sonnen. Und dann, ob ich den Pulli denn nie ausziehen würde …«
Nadjas Tränenstrom ergoss sich auf Marlenes Schulter. Der triefend nasse Pullover durchnässte nun auch Marlenes Bluse. »Ist ja gut, es ist gut«, sagte Marlene.
»Ich geh trotzdem zu Papa«, schluchzte Nadja in Marlenes Ohr.
»Zieh endlich das nasse Zeug aus. Ich bin gleich wieder da.«

Marlene rannte auf den anderen Teil des Hauses zu. Sie konnte sich nicht erinnern, jemals so eine Wut verspürt zu haben. Sie drückte auf den Klingelknopf und ließ den Finger drauf, bis ihr einfiel, dass ja ihr Nachbar vor ihren Augen weggefahren war.
In einem wilden Wutanfall trat sie gegen die Haustür. Obwohl sie Schuhe mit hohen Absätzen trug. Marlene trat und wütete. Nochmal. Und noch einmal.
Ein Passant, der auf der Straße vorbeiging, sah verwundert zu ihr her und schüttelte den Kopf. Sie war so weit, ihm die Zunge rauszustrecken, überlegte sich's dann aber doch noch anders. Endlich wandte sie sich um und ging die Steinstufen wieder hinunter.

15

»Also ich finde sie sehr attraktiv.« Ben setzte den Blinker und bog in die Alexanderstraße ein. »Die arme Frau tut mir jetzt schon Leid.«
Henry Schaaf warf einen wütenden Blick herüber.
»Hoffentlich hat sie gute Nerven«, fuhr Ben fort. »Wie viele

hast du schon rausgeekelt? Wie findet der Mommsen bloß immer wieder neue Mieter?«
»Reg mich nicht auf, ja?«
»Im Ernst.« Ben sah zu dem zusammengesunkenen Bündel auf dem Beifahrersitz hinüber.
»Es ist so, wie ich gesagt habe. Carl Mommsen bezahlt sie, damit sie mich ruiniert. Ich weiß es. Und mit dem war ich einmal befreundet.«
»Aber trotzdem bist du mit seiner Frau ins Bett!«
»Sie ist mit mir ins Bett, das ist etwas anderes! Sie hat sich aufgedrängt.«
»Und du wolltest nicht so unhöflich sein, nein zu sagen«, höhnte Ben.
»Ach, lass mich doch in Ruhe! Mommsen hat so getan, als wäre er mein Freund, und hinterher hat er mich verraten. Darum geht's.«
»Mit dir kann niemand lange befreundet sein.«
Henry antwortete nicht. Er sah starr geradeaus, auf die lange Schlange der Autos, die sich nur meterweise vorwärts schoben. Plötzlich bellte er: »Halt an.«
»Was?«
»Halt an. Ich will aussteigen.« Seine Hand lag auf der Brust. Er atmete keuchend. »Ich will hier raus.«
»Warum denn?«
»Halt an.«
»Reiß dich zusammen. Es dauert nicht mehr lange.«
»Ich reiß mich permanent zusammen.« Henry rüttelte am Türgriff, fasste sich an die Kehle und stieß ein paar merkwürdige Laute aus. »Ich hab's gewusst.« Es war nur noch ein Krächzen. Der Komponist war leichenblass.
»Ich versteh nicht, warum jetzt. Ich zieh den Knüller für

dich an Land, und du kriegst eine Panikattacke, ich weiß nicht, du …«

»Ich schaff das alles sowieso nicht, ich …« Henrys Stimme versandete irgendwo im Nichts.

»Ich weiß, mein Lieber.« Ben sah ungerührt auf den japsenden Henry. »Aber ich weiß noch was. Du bist bald ein berühmter Mann. Denk daran. Dann schaffst du's auch.«

»Ich hab eine Panikattacke. Merkst du das nicht?«

»Ja. Ist mir aber ziemlich Wurscht.«

»Du bist ein eiskalter, rücksichtsloser, brutaler Mensch.«

Ben lächelte Henry entspannt zu. »Denk an Liza Minelli«, sagte er. Dann begann er plötzlich zu singen: »Somewhere over the rainbow …« Er unterbrach sich. »Na komm schon.«

Stockend begann Henry mitzusingen. Allmählich beruhigte er sich, die Attacke verflüchtigte sich, wie es schien. Die Ampel sprang auf Grün. Und auf einmal hatten sie auch freie Fahrt. Laut singend fuhren sie durch die Stadt. Sie erreichten Gregorys imponierendes Büro auf die Minute genau.

Henrys gute Stimmung verflog im Aufzug, der die beiden ins zwölfte Stockwerk des Bürohochhauses brachte. »Du weißt, dass ich zur Klaustrophobie neige«, herrschte Henry seinen Agenten an.

»Das ist der einzige Grund, warum dieser Aufzug rundum aus Glas ist«, sagte Ben und grinste unbeeindruckt. »Ich hatte den Architekten damals darum gebeten, weil ich wusste, eines Tages würden wir beide hier hinaufschweben, um vom großen Gregory empfangen zu werden.«

»Halt's Maul«, sagte Henry grob. »Deine Ironie beeindruckt mich kein bisschen!«

Während dieses Disputs hatten sie das zwölfte Stockwerk erreicht. »Siehst du«, sagte Ben. »Nichts ist passiert.«

Die Begrüßung war höflich distanziert. Gregory, ein großer, breitschultriger Mann mit einer weißen Löwenmähne, bot Mineralwasser an. Henry lehnte ab und setzte sich sofort an den gläsernen Flügel, der mehr Dekorationsstück als Musikinstrument zu sein schien.
»Gleich in medias res?«, sagte der Musicaldirektor. »Das gefällt mir. Meine Zeit ist auch knapp bemessen.«
Henry schlug die ersten Takte an. Exakt sieben Minuten später schloss er den Klavierdeckel.
»Was denn, was? Das war alles? War das irgendwas?«
Der Chef des Musicaltheaters schüttelte seine gepflegte weiße Mähne. Er unterbrach den Rundgang durch den Raum, stellte sich vor Ben in seinem Sessel auf.
»Es war eine Probe, ein Pröbchen für Sie, ich meine, das Ganze ist ja noch im Fluss, in der Entwicklung.« Ben griff an seine Krawatte.
»Aber er …« Der Chef piekte seinen Zeigefinger in Richtung Henry am Flügel. »Ich dachte, er überzeugt mich, dass ich die Superhits kriege. Ich will Superhits. Ich bin der Auftraggeber, und ich will Superhits.«
»Ja, ja, natürlich, trotzdem …«
»Mann, das ist nicht meine erste Uraufführung. Das Textbuch steht, das heißt, ich hab investiert. 'ne Menge. Kapiert?« Er wischte mit der Hand durch die Luft. »Jessas«, sagte er.
Ben wedelte abwiegelnd mit den Händen. Sah nervös zu Henry am Flügel. Henry hatte damit begonnen, die darauf liegenden Skripte gerade zu rücken.
Gregory nahm seinen Rundgang wieder auf. Dabei stöhnte er laut. Er sah zu Henry hin, dann zu Ben.
»In drei Wochen. Ja oder nein?«

»Drei Wochen sind kein Problem, stimmt's Henry?«
Henry nickte stumm.
»Ich will was, das jeder singt, wenn er aus dem Theater geht. So etwas. Was nicht mehr aus dem Kopf zu kriegen ist. Einen Ohrwurm, und zwar einen, der swingt! Die Melodie ...! ›Midnight‹ aus Cats, ›Don't cry for me Argentina‹ aus Evita, ›Maria‹ aus der West Side Story – so was in der Art ... Also ...?«
»Ja. Genau. So was in der Art.« Ben nickte immerzu. »Das kriegen Sie.«
Er ging zu Henry am Flügel. »Was ist, schläfst du ein?«, flüsterte er. »Wir gehen. Hast du gehört? Und zeig ein bisschen Begeisterung, verdammt nochmal.«
»Lass mich in Ruhe«, sagte Henry leise. Er stand auf. Atmete wie befreit. Ging schnell zur Tür, um das Händeschütteln zu vermeiden. Gregorys Hand fiel schwer auf seine Schulter. Henry zuckte zusammen.
»Hängen Sie sich rein, okay?«, sagte Gregory.
Ben öffnete für Henry rasch die Tür. »Das machen wir, Herr Gregory, Sie werden noch staunen.«
Draußen sagte Henry: »Ich schaff's nicht. Du musst den Vertrag auflösen, hörst du?«
Ben sah den Komponisten an. »Du komponierst das Musical zu Ende, und wenn ich jede Melodie einzeln aus dir rausprügeln muss.«
»Fahr mich zu meiner Mutter«, sagte Henry, als sie in Bens Wagen einstiegen.
»Meinst du im Ernst, dass dich das weiterbringt?« Ben fuhr los.
»Misch dich bitte nicht auch noch in meine Familienangelegenheiten, ja?!«

»Okay, okay, du hast schlechte Laune ...«
»Ja, was denn sonst? Du schleppst mich zu diesem Lackaffen, ich spiele ihm vor, und er findet's läppisch wenig, und das Wenige swingt nicht, es ist nicht hitverdächtig. Ich bin offensichtlich kein Gershwin, nicht mal ein Richard Rogers. Meine Musik ist ein Flop!«
»Das hat er alles gar nicht gesagt.«
»O doch, aber du hörst ja nur das, was du hören willst. Alles andere blendest du aus. Vielleicht muss man so sein, wenn man Agent ist. Aber ich bin Künstler. Hörst du: Künstler!«
Ben trat abrupt auf die Bremse. »Du bist zuallererst ein Neurotiker. Dort drüben ist ein Taxistand.«
Henry war verblüfft. Das hatte ernst geklungen. Er warf aus dem Augenwinkel einen Blick zu Ben hinüber. Der saß sehr aufrecht da, seine linke Hand umfasste das Steuerrad, die rechte den Schalthebel. Ben starrte stur gradeaus. Einen Augenblick herrschte Stille. Keiner der beiden schien zu atmen. Schließlich legte Ben den ersten Gang ein und ließ die Kupplung kommen. Über Henrys Gesicht huschte ein kleines selbstzufriedenes Lächeln.
»Nur dass du keine falschen Schlüsse ziehst«, sagte Ben nach einer Weile. »Meine Schmerzgrenze ist erreicht!«

16

Ben ließ seinen Wagen vor dem kleinen Einfamilienhaus ausrollen. »Bitte schön«, sagte er. Seine Verstimmung hatte kaum nachgelassen. Während der ganzen Fahrt hatten sie stumm nebeneinander gesessen, und Ben hatte sich ein

ums andere Mal gefragt, ob es bei einer vernünftigen Güterabwägung nicht sinnvoller wäre, auf Henry Schaaf als Klienten zu verzichten. Aber sollte er das grade jetzt tun? Das Musical konnte ein Erfolg werden. Die Story war gut, die Liedertexte auf einem guten Weg. Gregory galt als erfolgreichster Produzent. Die Besetzung, die er plante, versprach ein gewaltiges Medien- und Publikumsinteresse. Andere Theater würden das Werk nachspielen. Die CD konnte ein Riesenerfolg werden. Endlich einmal würde er mit diesem Komponisten richtig Geld verdienen. Gut, ein Teil davon war Schmerzensgeld, aber der Rest würde ihn endlich in den Stand versetzen, einen Schritt in die eigene Musikproduktion zu tun.
Und dann: Henry war ja nicht immer so. Er konnte auch ein Freund sein, interessiert, aufmerksam, ja manchmal sogar bescheiden und in seltenen Fällen gar dankbar. Seine Neurosen musste man ihm nachsehen. Schuld war ja nicht er selbst, schuld war schon eher die Frau dort, die jetzt aus ihrem Haus in den Vorgarten trat.
»Denk halt auch mal an meine Situation«, sagte Ben versöhnlich.
»Sobald du meine ernst nimmst«, gab Henry zurück und stieg aus.
Ben blieb noch im Auto sitzen, bis Henry seine Mutter mit artigen Küsschen auf ihre beiden schlaffen Wangen begrüßt hatte und von ihr ins Haus geleitet worden war.

»Dein Vater würde sich im Grabe umdrehen«, sagte Frau Schaaf eine Viertelstunde später. Sie hatte Tee gekocht und Kekse hingestellt. Henry rührte nervös in seiner Tasse, obwohl er weder Zucker noch Milch in den Tee getan hatte.

»Er hätte sich gefreut!«, sagte Henry trotzig.
»Dein Vater war ein klassischer Pianist!«
»Er war ein Pianist, der vornehmlich Klassik gespielt hat«, verbesserte Henry.
»Du musst mich nicht belehren! Und wenn du schon den Tee umrühren musst, dann bitte so, dass man's nicht hört!«
Henrys Löffel fiel klirrend auf die Untertasse. »Ich hätte es mir denken können. Aber das war jetzt das letzte Mal, dass ich dir von diesem Musical erzählt habe.«
Er hatte plötzlich Kopfschmerzen. Und kein Aspirin dabei. Er hätte aufstehen mögen und gehen. Aber er musste Tee trinken und Kekse essen. Seine Mutter wandte keinen Blick von ihm, als er aufstand, um ihre Illustrierten am Ende des Tisches gerade zu rücken. Dann machte er sich über den Nippes auf der Kommode her. Stellte die Stücke in eine schnurgerade Reihe. Seine Mutter war immer unordentlich gewesen. Sie behauptete zwar ständig das Gegenteil, aber sie hatte noch nie Ordnung halten können. Das regte ihn auf. Zur Zeit regte ihn allerdings vieles auf.
»Hör auf damit, Henry«, sagte seine Mutter. »Das ist meine Wohnung. Wie es hier aussieht, kann dir völlig Wurscht sein.«
»Ja, ja.«
»Sonja hat mich angerufen.«
»Warum sagst du mir das? Das zum Beispiel ist mir völlig Wurscht.«
»Sie hat gefragt, wie es dir geht.«
»Und? Wie geht's mir?«
»Dir geht's nicht gut.«
Er setzte sich wieder auf seinen Stuhl, lehnte sich zurück und schwieg.

»Sonja ist jetzt mit einem russischen Dirigenten befreundet«, erzählte ihm seine Mutter. »Sie sind nur noch unterwegs. Konzerte auf allen fünf Kontinenten. Nächste Woche sind sie sogar im Fernsehen. Was sagst du dazu? Willst du noch mehr wissen?«
»Willst du mich ärgern? Was Sonja treibt, interessiert mich einen feuchten Staub. Du hast doch damals vor Freude geweint, als wir uns scheiden ließen?«
Henrys Mutter sah auf die blühenden Blumenstöcke, die in ihrem Wohnzimmer verteilt standen. Sie umfing einen nach dem anderen mit fürsorglichem Blick. »Aber jetzt bist du allein. Seit Jahren bist du allein. Sonja hatte vielleicht die Allüren einer Diva. Aber du bist allein, und du bist unglücklich. Und deine neurotische Veranlagung wird davon nicht besser.« Sie fuhr sich mit ihrem Taschentuch übers Gesicht. »Das tut mir weh, mein Junge.«
»Mir tut auch manches weh.«
»Natürlich«, sagte seine Mutter. »Das willst du nicht hören. Aber mir, mir bricht es das Herz.«
Henry sah sie an. »Ja, das ist schlimm. Dein eigener Sohn tut Dinge, die du dir so nicht gewünscht hast. Er hat einen eigenen Kopf. Dabei ist er noch nicht mal ganz vierzig Jahre alt!« Seine Stimme triefte vor Sarkasmus. »Dann wirst du ja wohl auch nicht zur Premiere kommen?«
»In ein Musical?«
»Ja, nicht wahr, das wäre eine ziemliche Zumutung für die Witwe eines klassischen Pianisten.«
Henrys Mutter wollte nicht, dass der Streit weiter eskalierte, deshalb sagte sie fast schon versöhnlich: »Bringt das wenigstens finanziell etwas?«
»Wenn es erfolgreich ist, werde ich für ein paar Jahre aus-

gesorgt haben. Dann kann ich mich in aller Ruhe meinem Klavierkonzert zuwenden.«
»Das ist die falsche Reihenfolge.« Schon wieder hatte ihre Stimme diesen scharfen Klang. »Du hättest zuerst die ernsthaften Werke schaffen sollen. Danach wäre dann immer noch Zeit für dieses Larifari gewesen, wenn es denn unbedingt hätte sein müssen!«
Henry hatte die Tasse ausgetrunken. Er stand auf. »Danke für den Tee!«, sagte er.
»Du willst schon gehen?«
»Ich muss! Dieser Musicalproduzent hat mir einen sehr engen Termin gesetzt. Und ich lebe im Augenblick unter Bedingungen, die mir das Arbeiten eigentlich unmöglich machen.«
»Eine Frau?«
»Ja, aber es ist nicht so, wie du denkst. In die andere Doppelhaushälfte ist eine Frau mit drei Töchtern eingezogen. Die sieben Plagen in der Bibel sind ein Dreck dagegen.«
»Na, die wirst du doch wohl rausekeln können, das hast du doch schon immer gekonnt.«
Henry seufzte. »Ja, nur in diesem Fall erweist es sich als sehr viel schwerer, und ich habe ja doch auch keine Zeit!«
Er verließ seine Mutter und ging zu Fuß zum nächsten Taxistand. Dass sie ihn auf Sonja angesprochen hatte, war eine gezielte Gemeinheit gewesen. Sonja hatte ihm die Ehe vor vier Jahren aufgekündigt. Sie selbst war Sängerin. Dramatischer Sopran. Man hätte ihn warnen sollen. Frauen mit dramatischen Sopranstimmen waren in ihrem ganzen Wesen so, wie die beiden Wörter klangen: zu hart, zu laut. Und immer musste etwas los sein. Ein Komponist aber war ein Mensch, der Ruhe brauchte, der einen gleichmäßigen

Lebensfluss haben musste, der Aufregungen von sich fern zu halten hatte.
Mit Sonja hatte er zwei Jahre wie im siebten Himmel gelebt. Sie waren gereist, Sonja hatte ihre ersten Engagements. Er begleitete sie. Wo immer sie ankamen, war ja auch ein Flügel, an dem er arbeiten konnte. Zumindest war das Sonjas Meinung. Aber Henry konnte nicht im Korepetitorenzimmer irgendeines Konzerthauses oder Musiktheaters arbeiten und schon gar nicht auf Instrumenten, die ihm fremd waren.
Dazu kam, dass Sonjas Gesangsstimme ihm nicht gefiel. Er empfand sie als zu hart, zu metallen, zu wenig anschmiegsam – gut für Wagnerpartien, aber sobald es um lyrische Passagen ging, wirkte eine solche Stimme deplatziert. Und so wie sie sang, so war sie auch im Bett: hart, fordernd und bestimmend. Am Anfang fand er das wunderbar. Er genoss es, das Objekt ihrer Begierde zu sein, ihr alle Initiative zu überlassen. Da Sonja in diesen Dingen sehr viel mehr Phantasie hatte als er, gab es ständig neue überraschende Wendungen in ihrem Sexualleben. Sonjas Einfallsreichtum war phänomenal. Aber sie wollte zu viel beziehungsweise zu oft, um es genauer zu sagen. Henry ermüdete immer schneller, sein Interesse ließ nach. Er begann sich ihr zu entziehen.
Das Ende kam dann schnell. Eines Tages trat er nach einem langen Spaziergang in ihr gemeinsames Hotelzimmer. Er glaubte sich zu erinnern, dass es in Nürnberg oder Erlangen war. Sonja und ihr Liebhaber, ein mittelmäßiger Bariton, bemerkten ihn gar nicht, so ekstatisch waren sie übereinander hergefallen. Ohne von dem keuchenden Paar überhaupt wahrgenommen zu werden, packte Henry seinen Koffer. Als er zur Tür ging, stieß Sonja gerade einen ab-

schließenden Seufzer aus und sagte schwer atmend: »Mein Gott, jetzt weiß ich, was mir die ganze Zeit gefehlt hat!« Und das war auch der Moment, da sie ihren Blick grade wieder klar zog. Sie sah Henry unter der Tür stehen und sagte den albernsten Satz, den er je in seinem Leben gehört hatte: »Henry, das darfst du nicht missverstehen!« Er hatte damals die Tür ganz leise, ja fast behutsam hinter sich zugezogen.

17

Marlene schaltete das lärmende Radio in der Küche aus. Sie trank den Rest lauer Limonade, den Nadja auf dem Tisch stehen gelassen hatte, und knallte das Glas in die Spüle. Nadja war weg. Sie hatte mit Frank telefoniert, um dann ihr Zeug in eine Reisetasche zu werfen, immer weiter schluchzend und zwischendurch wüste Beschimpfungen ausstoßend. Marlene hatte wie angepflockt dagestanden und in schrecklicher Hilflosigkeit zugesehen, wie Hosen, Pullover, Schulbücher in die Tasche flogen. Nadja wollte sich nicht beruhigen lassen. Henry Schaaf hatte sie an ihrer empfindlichsten Stelle getroffen, abgrundtief hässlich hatte der Nachbar Nadja genannt, und dann hatte er den Wasserschlauch auf das arme Mädchen gerichtet.
Marlene ging auf die Terrasse, ohne den tiefblauen Himmel, die sich leicht bewegenden Äste des großen Ahorns, die schweren Blüten überall im Garten wahrzunehmen. Wie einfach es war, eine Familie zu zerstören, wenn jemand es wollte. Und es gab keinen Zweifel, dass er es wollte. Sie setzte sich rasch, bevor das Tosen in ihrem Kopf zum

Schwindelgefühl wurde. Sie starrte in die Luft und stellte sich vor, wie sie ihn zur Rede stellen, wie sie auf ihn losgehen, wie sie ihn ohrfeigen würde.
Marlene stand auf, ging durch die Terrassentür ins Wohnzimmer. Jetzt spürte sie, wie das Lachen in ihrer Kehle hochstieg. Nadja wollte bis auf weiteres bei ihrem Vater wohnen. Seit Marlenes Scheidung von Frank war das noch nie vorgekommen, obwohl Frank es sich immer gewünscht hatte.
Marlene gab dem Sitzkissen, das vor ihr auf dem Boden lag, einen Tritt. Dann griff sie nach dem Weinglas, das von gestern Abend noch auf dem Tisch stand, und schleuderte es gegen die geschlossene Verbindungstür zum angrenzenden Zimmer. Der scharfe Knall brachte sie wieder zur Besinnung.
Sie ließ sich in einen Sessel fallen. Warum nicht doch lachen, warum versuchte sie, es so krampfhaft zu unterdrücken? Sie war allein im Haus.
Oder heulen. Einfach losheulen. Marlene schlug die Hände vors Gesicht. Ein paar Minuten lang weinte sie. Sie war gerade mehr als allein auf dieser Welt. Dann stand sie auf, um aus der Küche Schaufel und Besen zu holen. Es war das letzte Weinglas aus der Sammlung ihrer Mutter gewesen.
Sie suchte Editas Telefonnummer. Die Nachbarin hatte ihr ja angeboten, dass sie jederzeit anzurufen könnte, wenn sie Probleme hätte. Und nun, schon zwei Wochen nach dem Einzug in dieses Haus, hatte Marlene ein massives Problem. Sie hatte Mordgelüste.

Henry hatte beobachtet, wie der Mann, der schon beim Einzug der Hagedorns ins Nachbarhaus dabei gewesen war, mit dem hässlichen Mädchen weggefahren war. Sie hatten

eine Reisetasche dabei. Henry grinste. Er ging mit dem Becher Kaffee nach oben, ins Arbeitszimmer. Eigentlich war er darauf gefasst gewesen, dass die Nachbarin kommen würde, um sich zu beschweren. Nicht mal angerufen hatte sie. Alle vorigen Mieter hatten das getan, hatten ihn beschimpft und ihm gedroht.
Er setzte sich an den Flügel. Eine kleine Tonfolge erklang – nichts sagend, belanglos, Larifari! Er stieß den Klavierstuhl zurück und stand auf. Ruhelos ging er wieder zum Fenster, um in den Nachbargarten hinüberzuschauen. Nichts regte sich. Um diese Frau hinauszuekeln, musste er wohl andere Geschütze auffahren. Die war offensichtlich nicht so leicht zu schockieren.
Da unten standen die Mülltonnen unordentlich nebeneinander. Henry seufzte. Sobald er einmal wieder das Haus verlassen würde, musste er sie zurechtrücken. Jetzt half er sich damit, nicht hinzuschauen.

»Das klingt nicht albern«, sagte Edita, während sie den Weinkorken mit Schwung aus der Flasche riss. »Ich finde nicht, dass es albern klingt.«
»Ich weiß nicht, was ich machen soll.« Marlene saß Edita gegenüber, in einem weißen Ledersessel.
Edita sah sie kopfschüttelnd an. »Am besten, ich hole uns einen Schnaps. Sie brauchen einen, keine Widerrede, doch, doch, das bringt den Kreislauf wieder in Ordnung, das ist ja alles nicht zu fassen, ich hol uns einen, ja?«
Sie wartete Marlenes Antwort nicht ab, war schon draußen, bevor Marlene nicken konnte, kam zurück auf ihren hohen Absätzen, ließ den Calvados in die Gläser schwappen. »So ein Schwein«, sagte sie.

»Weißt du«, sagte Edita, »entschuldigen Sie, ich darf doch du sagen, wir wollen uns duzen, okay? Herrgott, ich bin richtig wütend.« Sie hob ihr Glas in die Höhe. »Einverstanden?«

»Sehr gern«, sagte Marlene und stieß mit Edita an. Ihre Hand zitterte nun nicht mehr. »Runter damit.« Marlene leerte ihr Glas in einem Zug. Sie lächelte Edita zu: »Es geht schon wieder. Der Schnaps war wirklich gut.«

Sie sah zu, wie Edita ihre Zigarette anzündete.

»Das wird schon wieder. Du schaffst es. Du wirst ihn fertig machen.«

Marlene lächelte. »Also ich weiß nicht.«

»Der Typ ist ein Monster. Und Monster darf man nicht allzu ernst nehmen.« Edita wechselte ihren Platz vom Sessel auf das dazugehörige weiße Designersofa. »Andererseits muss man Monster sehr ernst nehmen. Wir müssen davon ausgehen, dass der sich noch mehr ausdenkt.« Sie sah auf die Uhr. »Eigentlich müsste mein Mann schon lange da sein. Er kommt jetzt immer so unregelmäßig nach Hause. Und dann torkelt er manchmal ein bisschen. Ich weiß auch nicht, warum die Männer bei ihren Geschäftsessen so viel trinken müssen. Jedenfalls schläft er immer sofort ein. Aber ich bin wach und höre stundenlang sein Atmen. Und ich frage mich, ob da irgendwas vorgeht. Irgendwas, von dem ich nichts weiß.«

Edita trank mit einem Zug ihr nächstes Glas aus. Sie schwieg. Plötzlich sah sie müde aus. Sie goss sich noch einen Calvados ein, schüttete auch diesen viel zu schnell hinunter und rief sich dann selber zur Ordnung. »Jetzt reicht's aber«, sagte sie und grinste Marlene schief an.

»Es ist in Ordnung«, sagte Marlene, »wirklich in Ordnung.« Sie lächelte Edita zu. Sie widerstand dem Wunsch, Edita irgendetwas Tröstliches zu sagen. Was hätte sie ihr auch sagen können. Sie wusste ja nichts, sie sah nur, dass Edita sich verlassen fühlte. So wie sie.

18

Als Marlene am anderen Morgen aufwachte, fühlte sie sich erstaunlicherweise ganz leicht. Sie stand auf, obwohl es erst kurz nach sechs Uhr war, und machte zwanzig Minuten Gymnastik. Danach kochte sie sich Kaffee. Sie öffnete das Fenster und atmete die frische Morgenluft ein.

Auch Henry Schaaf war schon früh aufgestanden. Auch er hatte eine ruhige Nacht hinter sich und fühlte sich erholt. Er ging zu seinem Flügel, spielte ein paar Akkorde an, versuchte es dann mit einer Melodie und notierte sie auf einen der Papierbögen, die auf dem Tisch neben dem Klavier lagen. Ein Einfall, schnell hingeworfen. Er wusste noch nicht, wo er die kleine Melodie einbauen wollte, aber das würde sich finden.

Henry ging zum Fenster, zog die schweren Vorhänge auf und kurbelte den Rollladen hoch. Dann öffnete er beide Fensterflügel und erstarrte. Sein gepflegter, abgezirkelter Garten war übersät mit Maulwurfshügeln. Henry schnappte nach Luft. Hastig zog er seinen Morgenmantel über und rannte aus der Wohnung.

Marlene stand noch immer im Pyjama am Fenster, als Henry Schaaf, bewaffnet mit einem schweren Spaten, in seinen Garten gestürmt kam. Wütend schlug er auf die Maulwurfshügel ein.

Plötzlich trat Cilli neben ihre Mutter. »Du, Mama, ich brauche 66 Mark.«
Marlene schaute ihre Tochter überrascht an. »So viel Geld? Ja wofür denn?«
Cilli zeigte in den Nachbargarten hinunter. »Für die Maulwürfe. Einer hat 22 Mark gekostet, drei waren's.«
Marlene lachte laut auf. »Und wie bist du an die Tiere gekommen?«
»Der Vater von Florian arbeitet doch in einer Zoohandlung.«
Marlene beugte sich weit aus dem Fenster und rief: »Guten Morgen, Herr Schaaf!«
Henry richtete sich auf. »Das waren Sie!«, schrie er außer sich vor Zorn und hob drohend den Spaten. »Aber glauben Sie ja nicht, dass ich mir das gefallen lasse!«
Marlene lachte die Tonleiter hinauf. »Bitte, Herr Schaaf, Sie können ja was gegen uns haben, aber deshalb müssen Sie uns doch nicht gleich für Maulwürfe halten!«

19

Ben war schon kurz nach zehn Uhr gekommen. Er war so aufgeräumt und fröhlich, dass er einem richtig auf die Nerven gehen konnte. Henry dagegen überfiel seinen Agenten sofort. »Das musst du dir vorstellen. Jetzt greifen die schon zu solchen Methoden!«
»Wer? Zu welchen Methoden?«
»Na, die dort drüben. Heute Nacht haben sie ein Bataillon Maulwürfe in meinem Garten ausgesetzt.«
»Maulwürfe kommen ganz von alleine«, sagte Ben, der Henrys Aufregung nicht verstehen konnte.

»Seitdem ich hier wohne, hege und pflege ich meinen Garten. In ganz München findest du keinen, der so schön und ordentlich ist. Und diese Hagedorns machen mir das alles in einer Nacht kaputt!«

»Nicht die Hagedorns, die Maulwürfe«, verbesserte Ben ihn sanft.

»Du hast ja keine Ahnung. Du hast nichts verstanden. Nichts!«

»Wovon?«

»Vom Bösen im Menschen. Von diesen Abgründen.«

Ben bemühte sich, das Thema zu wechseln. »Wie kommst du mit dem Musical voran?«

»Wie soll ich vorankommen? Ich kann so nicht arbeiten. Ich bin hypernervös. Wie soll ich da einen Superhit hinkriegen? Wenn ich das schon höre. Superhit. Super, alles super, alles muss super sein.«

»Natürlich muss es das, was hast du denn gedacht?«

»Siehst du nicht, was mit mir los ist?« Henry krümmte sich in seinem Sessel, sah zu Ben hin, der seine Pfeife stopfte, ihn angrinste und seine Tabakbrösel verstreute.

»Ich weiß nicht, was du hast. Du solltest dich freuen. Gregory gibt dir die Chance deines Lebens, und was machst du? Du redest über Maulwürfe! Setz dich lieber hin und arbeite, Mann!«

»Ja, aber wie denn?« Henry schlug mit der flachen Hand auf den Bösendorfer. »Wie mit diesen Stimmen nebenan. Und dauernd halten Autos und fahren wieder weg. Gestern hab ich auch das Geknatter von Mopeds gehört. Also sag mir, wie?«

Er ging zum Bücherregal, rückte an den schnurgerade stehenden Büchern herum. Setzte sich wieder hin. »Ich

schaffe den Termin nicht. In meinem Kopf ist alles schwarz.«
Ben stand entnervt auf. »Gut, ich rede mit ihr. Ich mache ihr klar, was für dich auf dem Spiel steht.«
»Das wird nichts nützen.« Henry hatte Bens abgestelltes Glas vor den Büchern auf dem Regal entdeckt. Er ging damit zu Ben und drückte es ihm mit einer schmerzlichen Grimasse in die Hand.
»Was macht sie eigentlich?«, fragte Ben.
»Wer?«
»Herrgott. Die Frau von nebenan.« Ben stieß wütend eine Rauchwolke aus. »Was macht sie? Irgendwas muss sie ja machen. Was?«
»Woher soll ich das wissen. Und warum? Das interessiert mich doch alles nicht.«

Susanne, Kevin und Lars waren drei von Marlenes Schülern. Sie hatten sich bereit erklärt, Marlene zu helfen. Susanne rührte grade Farbe in einem Kübel an. Marlene hatte sich entschlossen, das Tanzstudio im Keller zimtfarben zu streichen. Das passte zum Parkett, das sie zusammen mit Frank verlegen wollte und das gestern geliefert worden war und säuberlich gestapelt im Flur lag.
Marlene kam in den Keller. »Pause!«, rief sie. »Ich hab euch was zu essen und zu trinken gebracht.« Sie stellte das Tablett auf einen Hocker, kreuzte die Arme vor der Brust und betrachtete das Werk ihrer Schüler. »Schön habt ihr das gemacht!«
Kevin und Lars stießen ihre Farbrollen in einen Wassereimer und setzten sich auf zwei Kisten. Gierig griffen sie nach den Schnitten. Marlene goss Saft und Mineralwasser in die Gläser.

Auf der Kellertreppe waren Schritte zu hören. Unter der Tür erschien Ben. Marlene musste einen Augenblick nachdenken, um sich zu erinnern, wo sie den Mann schon mal gesehen hatte.

»Hallo«, sagte Ben. »Was wird denn das, wenn's fertig ist?«

»Ein Tanzstudio«, sagte Kevin. »Und wer sind Sie?«

»Ach so ja, Entschuldigung. Ben Morat. Ich bin der Agent von Herrn Schaaf.«

»Und wer ist Herr Schaaf?« Kevin war bekannt dafür, dass er den Leuten Löcher in den Bauch fragte, egal wer es war und egal worum es ging. »Nie gehört.«

»Nie gehört? Das wird sich bald ändern. Henry Schaaf ist Komponist. Er arbeitet grade an einem absolut hitverdächtigen Werk. Einem Musical, das in einem halben Jahr herauskommen soll.« Ben grinste breit, trat weiter in den Raum hinein. Er betrachtete sich in den Spiegeln.

»Ein schöner Raum«, sagte er dann. »Was wird denn hier geschehen?«

»Am Samstag feiern wir unser Einweihungsfest«, sagte Marlene, »und am Montag beginnt der Unterricht.«

»Ach. Tanz?« Bens Hand fuhr über die Stange, die in Hüfthöhe an einer der Wände montiert worden war.

»Tanz, ja.«

»Sieh an.«

»Es stört Sie doch nicht?«

Er lachte. Er gab sich Mühe, es nach Lachen aussehen zu lassen. Aber er sah angestrengt aus. Marlene schaute in die Spiegelwand zu ihrer Rechten, sah, wie sie und dieser Mann in einigem Abstand voreinander standen und jeder darum rang, höflich zu bleiben. »Wir können auch auf der

Terrasse weiterreden«, sagte Marlene, »draußen scheint so schön die Sonne.«
Auf der Treppe ließ sie ihm den Vortritt. Sie hatte keine Lust, von hinten angestarrt zu werden. Die Sonne fiel durch die Zweige der Büsche und malte wilde Muster auf die Steinplatten der Terrasse. Ben nahm das Wort: »Sie wissen ja, Henry Schaaf ist Komponist.«
»Ja, und?«
»Ich gebe zu, er ist manchmal etwas wunderlich, aber das sind seine Kollegen auch. Alle sind ein bisschen …« Ihm schien nichts Geeignetes einzufallen, er fuhr mit beiden Armen durch die Luft. »Sagen wir, ein bisschen empfindlich.«
»Und was hab ich damit zu tun?«
»Er steht ziemlich unter Druck. Die Premiere ist vorgezogen worden.«
Marlene schwieg.
»Ich will nur sagen, vielleicht können Sie in der nächsten Zeit etwas runterschrauben.«
»Runterschrauben?«
»Den Lärmpegel. Ich, ich meine den Lärmpegel.«
Marlene setzte sich auf die Gartenbank und schlug ihre Beine übereinander. Ben musste trocken schlucken, es waren sehr schöne Beine, und der vorne geknöpfte Rock Marlenes, dessen untere Knöpfe sie offen gelassen hatte, ließ viel davon sichtbar werden, als er nun über ihren Knien auseinander fiel. Einen Moment schwiegen beide. In einem der Bäume sang ein Vogel, als übe er eine neue Melodie. Immer wieder setzte er an und brach nach fünf oder sechs Tönen wieder ab. Die Tonfolge wiederholte er dabei exakt.
»Er, ich meine Henry, ist nervös. Er glaubt, er schafft es nicht. Und wenn er nervös ist …«, er lachte, »dann schafft

er es gleich zweimal nicht. Und wenn er's nicht schafft, wird es unangenehm!«
»Für wen?«
Ben machte ein paar Schritte auf Marlene zu. Er hob die Arme und ließ sie wieder sinken. »Mein Gott«, rief er aus. »Machen Sie's mir doch nicht so schwer.«
Marlene stand wieder auf. Die Frau hatte eine atemberaubende Figur.
»Hab ich Sie richtig verstanden? Wir sind Herrn Schaaf zu laut?«
»Ja, darüber versuche ich die ganze Zeit zu reden.«
Marlene lachte.
Ben sagte: »Frau Hagedorn, ich …« Er brach ab und begann von neuem. »Frau Hagedorn, es geht um viel Geld, vielleicht verstehen Sie das besser.« Ben machte Anstalten, Marlenes Hand zu ergreifen. »Es geht … na ja, es geht …, gewissermaßen geht es um Leben und Tod.«
Marlene entzog ihm ihre Hand. »Aber darum geht es doch immer. Oder?« Sie lächelte. »Wiedersehn, Herr Morat.«
Ben verließ die Terrasse und ging über die Außentreppe in den Garten hinunter. Er war drei oder vier Stufen hinabgestiegen, als er innehielt und sich nochmal umwandte: »Sagen Sie, haben Sie für Ihre Arbeit schon die Erlaubnis des Gewerbeaufsichtsamts?«
»Ich bekomme sie«, antwortete Marlene mit fester Stimme. Innerlich aber erschrak sie; denn sie hatte bisher noch keinen Gedanken daran verschwendet.
Ben Morat schaute sie ernst an. »Aber Sie haben sie noch nicht?«
»War das eine Drohung?«, fragte Marlene.
Ben kam wieder zwei Stufen herauf. Er stand unter ihr.

Marlene registrierte, dass er braune Augen hatte. Die Luft hier draußen war ungewöhnlich warm. Von drüben erklang plötzlich Klaviermusik.

»Hören Sie mal«, sagte Ben und deutete mit dem Kopf zum Nachbarhaus. »Er ist gut, oder?« Er starrte Marlene an. »Für so jemanden tu ich eine ganze Menge. Auch wenn's manchmal hart wird.«

Marlene machte abrupt auf ihren hohen Absätzen kehrt und ging wortlos ins Haus. Die Drohung war eindeutig gewesen. Plötzlich war ihr klar, bei allem, was bisher geschehen war, hatte es sich um Vorgeplänkel gehandelt. Jetzt begann der Krieg.

20

Aber der Tag verlief dann doch ganz friedlich. Ihre drei Helfer waren bei Einbruch der Dunkelheit mit ihrer Arbeit fertig geworden. Der Geruch von frischer Farbe hing im ganzen Haus. Sie roch das gerne. Das war ein Hauch von Frische, der etwas Neues ankündigte. Vielleicht waren ihre Ängste ja gar nicht angebracht. »Hunde, die bellen, beißen nicht«, hatte ihre Mutter immer gesagt. Henry Schaaf hatte laut gebellt. Ben Morat hatte hinterhältig gekläfft. Beißen würden sie beide nicht, davon war Marlene plötzlich fest überzeugt. Und Nadja würde in ein paar Tagen wieder da sein.

Miriam und Cilli waren gegen sechs Uhr nach Hause gekommen. Beim Essen hatte eine gedrückte Stimmung geherrscht. Sonst kabbelten sich die Schwestern ständig, aber jetzt, da Nadja weg war, fühlten sie sich verlassen.

Miriam stand plötzlich vom Abendbrottisch auf und sagte: »Ich ruf sie an.«
»Warte lieber noch einen Tag«, meinte Marlene.
»Man müsste es mit ihm genauso machen«, rief Cilli.
»Was?«
»Vollspritzen von oben bis unten. Bis er aussieht wie ein nasser Hund, der aus dem Wasser kommt.«
Das Bild gefiel den beiden anderen so gut, dass sie unwillkürlich lachen mussten.
Später ging Cilli in den Garten hinaus und spielte in ihrem »Nest«, wie sie es nannte, noch ein bisschen auf ihrer Geige. Miriam hatte eine lange E-Mail an einen der Schüler ihrer Mutter verfasst und nachher doch nicht abgeschickt.

21

Das »Nest« war eine kleine Bank, die rundum mit Büschen eingewachsen war. Man gelangte nur dorthin, wenn man durch einen Durchschlupf hineinkroch. Marlene hatte gleich nach dem Einzug die Büsche ausschneiden wollen, um einen Zugang zu der Bank zu schaffen, aber Cilli hatte sofort protestiert.
Seitdem zog sich ihre Jüngste oft in dieses kleine Versteck zurück, um ganz für sich alleine zu spielen. Zum Üben sei das nichts, hatte Cilli einmal ihrer Mutter erklärt, da könne man nur spielen, was einem grade so einfalle.
Einmal, als Cilli noch ziemlich spät am Abend auf ihrer Bank saß und gedankenverloren vor sich hin spielte, hatte sie plötzlich Henry Schaafs Stimme gehört. Ganz in der Nähe. Er musste direkt hinter dem Wildrosenbusch stehen.

»Du spielst ja gar nicht schlecht!« Cilli hatte geantwortet: »Ja. Könnte sein, dass ich ein Wunderkind bin. Aber das merkt ja keiner.« Und Henry Schaaf hatte ganz ernst geantwortet: »Doch, ich würde es merken!« Cilli hatte von dieser Begegnung nie jemandem erzählt.
Marlene trat ans Fenster, sah hinaus auf die Bäume im Garten. Ein riesiger weißer Mond hing am Himmel. Alles schien wie von Neonlicht bestrahlt. Büsche, Blumen, der Liegestuhl im Gras, der vom Wein überwucherte Drahtzaun, alles weiß. Es war Vollmond, und es war still. Bis auf das zarte Geigenspiel, das von Cillis Nest zu ihr herüberklang. Aus den Augenwinkeln nahm sie wahr, dass auch im Nebenhaus ein Fenster geöffnet wurde. Kurz darauf hörte sie, wie auf dem Flügel in Henry Schaafs Haus ein paar leise Akkorde angeschlagen wurden. Seltsamerweise kontrastierten die Klänge nicht zu Cillis Violine, es war, als begleite der Komponist das Spiel des Mädchens.
Und dann war es plötzlich, als würden sich die beiden Instrumente miteinander unterhalten. Cilli spielte ein paar Takte, und das Klavier aus dem Nachbarhaus antwortete. Doch dann klang plötzlich die Geige lauter und sang ihr Lied immer klarer, immer selbstbewusster durch den nächtlichen Garten. Und das Piano fiel in die Begleitung zurück. Eine wunderschöne Melodie entstand. Marlene summte leise mit.

Später, die Mädchen schliefen längst, zumindest glaubte es Marlene, da trat sie nochmal ans Fenster. Der Mond war weitergewandert und hinter dem Dachfirst des Nachbarhauses verschwunden. Aber sein Licht lag noch immer weiß und kühl über den Gärten und Gebäuden. Marlene

zog die Vorhänge zu. Es war immer noch hell. Sie stand eine Weile vor den geschlossenen Vorhängen, betrachtete ihr Zimmer. Dann ging sie ins Bett.
In den letzten Nächten hatte sie nur wenig Schlaf gefunden. Heute stieg eine so schwere Müdigkeit von ihren Füßen die Beine hinauf und dann in den ganzen Körper, dass sie sich richtig auf einen tiefen Schlaf freute. Sie kannte dieses Gefühl grenzenloser Entspannung, die aus einer schweren körperlichen Erschöpfung kam.
Doch plötzlich saß sie senkrecht im Bett. Ein Geräusch hatte sie geweckt. Marlene warf einen raschen Blick auf die Uhr. Es war kurz vor eins, sie hatte also grade mal eine halbe Stunde geschlafen. Irgendwo war eine schwere Tür viel zu laut ins Schloss gefallen.
Marlene zögerte. Der Drang, sich zurücksinken zu lassen, war stark. Aber stärker war das Bedürfnis zu erfahren, was draußen vor sich ging. Sie schwang die Beine über den Bettrand, stand auf, verließ das Zimmer und lief auf nackten Sohlen in den gegenüberliegenden Raum, der zur Straßenseite hin lag. Sie ärgerte sich, als sie im Halbdunkel am Fenster stand und hinter dem Vorhang versteckt hinausschaute. Sie schämte sich, als tue sie etwas Anzügliches. Sie stand da und starrte hinaus, als gäbe es in diesem Augenblick nur dieses eine zu tun. Dem Nachbarn zuzusehen, wie er die vom Mond beschienene stille Straße hinunterging in Richtung Kanal.
»Mama«, sagte Cilli plötzlich hinter ihr.
»Was machst du denn da? Bist du auch von dem Knall aufgewacht? Ich weiß, dass der Typ wieder spazieren geht. Und wenn er geht, dann knallt er wohl extra laut seine Haustür zu.«

»Woher weißt du, dass er spazieren geht?«
»Ich weiß es eben. Du doch auch. Du hast ihn doch gerade gesehen.«
Marlenes Mund wurde schlagartig trocken.
»Ich schlafe schlecht bei Vollmond«, sagte Cilli. »Du auch, gell?!«
Marlene spürte Cillis prüfenden Blick von seitlich unten.
»Interessiert der dich?«
»Nein«, sagte Marlene entschieden. »Dich vielleicht?«
»Ich hab seine Musik gehört«, sagte Cilli. »Die hat mir gefallen!«
»Mir hat deine aber auch gefallen«, sagte Marlene.
Cilli nickte ernst. »Ja, heut war ich nicht schlecht!«

22

Strategisch vorgehen. Härtere Bandagen anlegen. Henry stieß die Luft aus. Er war am Kanal angekommen. Trotz des leichten Windes bewegte sich das Wasser kaum. Er fand keine Ruhe mehr. Er lief bei Vollmond am Kanal entlang. Ein Irrsinn. Noch nie hatte er das Licht des Vollmonds ertragen können. Aber nun war es auf einmal so, als würde er dieses kalte, gleißende Licht suchen. Der Weg, auf dem er schnell vorwärts ging, war hell. Sogar seine schwarzen Schuhe leuchteten fast weiß. Und das Nymphenburger Schloss, auf das er zuhielt, lag in geisterhaft weißblauem Schimmer.
Ben hatte sich wieder mal vorgedrängt, wie immer. Er selber musste mit Marlene Hagedorn fertig werden. Würde auch diese Frau aufgeben, hätte er Carl Mommsen endlich geschlagen.

In der gleichen Nacht war Marlene die Idee gekommen. Die Idee, in die Offensive zu gehen. Sie wollte Henry Schaaf zu ihrer Einweihungsparty einladen. Den Gegner überrumpeln. Wie ihr Vater es seinen Kindern gepredigt und oft genug selber praktiziert hatte.
Bevor die beiden Mädchen in die Schule gingen, machte sie Cilli und Miriam diesen Vorschlag. Sie war auf strikte Ablehnung gefasst. Und zumindest Miriam reagierte, wie Marlene es erwartet hatte.
»Was ist bloß mit dir los?«, fragte sie.
Aber Cilli fand die Idee echt gut. Sie wollte es sogar übernehmen, zu Schaaf hinüberzugehen und ihn einzuladen.
»Wegen dem Scheißtypen ist Nadja ausgezogen. Spinnt ihr eigentlich?«, schrie Miriam.
Marlene räumte Sachen hin und her. Was konnte sie dazu sagen? Miriam hatte ja Recht. Aber sie hatte sich in den Einfall hineingesteigert, ihn von allen Seiten betrachtet, und nun hatte sie keine Lust, sich zu rechtfertigen.
»Beeilt euch«, sagte sie bestimmt, »es ist schon spät.«
Aus den Augenwinkeln sah Marlene, wie Miriam ein zweites Mal den Kopf schüttelte. Dann stand sie zusammen mit Cilli auf, sie gingen hinaus, um ihre Schultaschen zu holen.

23

Es war ein Fehler gewesen. Etwas Schlimmeres hätte nicht passieren können. Cilli war heulend zurückgekommen. Er hatte sie praktisch hinausgeworfen. Ein zehnjähriges Kind. Marlene konnte es nicht fassen. Wie ein Kampfhund habe er ausgesehen, und seine Zähne habe er gefletscht und

fürchterlich geknurrt. Cilli hatte geschrien und getobt und Marlene beschimpft. »Das ist doch deine Idee gewesen. Das war richtig blöd. Echt. Du hast doch schon mal mit ihm geredet. Du hättest doch wissen müssen, wie er ist!« Eine Tirade, die gar nicht mehr enden wollte.
Danach hatte sich Cilli in ihr Zimmer eingeschlossen und zwei Stunden lang Geige gespielt. Keine Etüden, keine Läufe, keine kleinen Stücke, sondern Musik, die ihr einfiel – einfach so. Cilli fühlte, wie diese Art zu musizieren sie beruhigte. Danach trat sie aus ihrem Zimmer. Sie hatte ihren Rucksack aufgesetzt und den Geigenkasten in der Hand.
»Was ist los?«, fragte Marlene.
»Ich gehe zu Frank. Fährst du mich bitte hin!« Das hatte entschlossen und selbstbewusst geklungen. Marlene hatte nur genickt.
Und nun war auch Cilli bei Frank. Marlene hatte sie selbst hingebracht. Schweigend, hilflos, wie in Trance hatte sie das Mädchen bei Frank abgeliefert. Sie war zurückgefahren, ohne dass irgendwas in ihrem Kopf sich bewegt hätte. Sie fühlte sich wie gelähmt.
Unterwegs kaufte sie im Supermarkt hundert Gläser für die Einweihungsparty. Sie nahm die Kartons wahllos aus dem Regal. Ihre Bewegungen schienen automatisch abzulaufen. Zu Hause erst sah sie sich an, was sie da gekauft hatte. Die Gläser waren überraschend hübsch, aber sie waren leider auch ziemlich teuer gewesen. Was sie gekostet hatten, realisierte Marlene erst, als sie die Gläser auspackte und in den Geschirrspüler schichtete. Die ganze Zeit kreisten ihre Gedanken um den gleichen Punkt: Henry Schaaf war es zum zweiten Mal gelungen, eine ihrer Töchter aus dem Haus zu vertreiben.

24

Motorräder, Autos, Fahrräder, Mopeds. Die Straße war verstopft. Und dann die Geräusche der Motoren, das Knattern der Maschinen, Marlene freute sich. Das Aufheulen der Motorradmotoren klang schöner als Musik. Sie hatte bis zu diesem Augenblick nicht daran gedacht, wie das alles auf Henry Schaaf wirken musste, aber nun wurde es ihr mit einem Schlag klar. Dieser lärmende Auftrieb musste die Hölle für ihn sein.

Wie viele waren inzwischen da? Dreißig, vierzig? Marlene hatte keine Ahnung. Junge Leute überall. Im Tanzraum, auf der Terrasse, im Garten. Es war alles ganz einfach. Man brauchte nur laute Musik und etwas zu trinken. Alles weitere ergab sich von selbst.

Marlene ließ einen Korken nach dem anderen knallen. Champagner spritzte in die Reihe der aufgestellten Gläser. Lautes Gelächter, Beatmusik. Wie musste das diesen Psychopathen stören, der schon ausflippte, wenn man den Deckel des Mülleimers fallen ließ, statt ihn behutsam und möglichst geräuschlos aufzusetzen. Keinen Takt würde er schreiben können. Keine Note! Rache war süß! Marlene ermunterte ihre Gäste immer wieder aufs Neue, zu tanzen, fröhlich und ausgelassen zu sein. Sie sah auf ihre Uhr. Es war kurz nach sechs. Vor Mitternacht würde das Fest nicht zu Ende gehen.

Frank hatte Nadja und Cilli mitgebracht. Aber sie hatten ihrer Mutter sofort erklärt, dass sie nur zu Besuch gekommen seien. Auf keinen Fall würden sie hier bleiben.

Nadja riss sie aus ihren Gedanken. Sie schaute Marlene mit großen Augen an. »Mama. Wie bist du denn drauf?«

»Wieso?«
»Du siehst so komisch aus.«
Marlene nahm sich ein Glas und lächelte Nadja zu. »Bist du so nett und machst die Musik noch ein bisschen lauter?«
»Puuuuh«, machte Nadja. »Jetzt kapier ich.« Sie machte mit Zeigefinger und Mittelfinger das Siegeszeichen und grinste. »Klasse, Mama«, sagte sie und schob sich durch das Gewoge der hüpfenden Körper auf die Anlage zu.
Die Musik dröhnte im Tanzraum. Alle Fenster waren geöffnet. Jetzt nahm alles seinen Lauf. Sie brauchte nur zu warten.

Henry Schaaf kam es so vor, als wären seine Glieder plötzlich gefroren, als hätte ihn eine Lähmung befallen. Trotzdem kam er irgendwie ins Wohnzimmer, zum Fenster, das zur Straße zeigte.
Er starrte zum wiederholten Male auf die Autos und die kreuz und quer stehenden Maschinen. Schon wieder hielt ein Wagen. Es gab keinen Parkplatz mehr, der Fahrer fuhr auf den Bürgersteig. Seit fünf Minuten war die Musik um einiges lauter geworden.
Er ging zum Telefon, wählte. Er hielt den Hörer ans Ohr und wartete stocksteif, dass auf der anderen Seite jemand ans Telefon ginge. Es ging keiner ran. Der Hörer flog zurück in die Halterung. Henry überlegte kurz, ob er ein Sacko anziehen sollte. Dann rannte er in den Flur und schnappte sich die dünne Lederjacke vom Haken.
Na bitte. Sie hatte nicht lange warten müssen. »Augenblick, Nadja.« Gerade noch war sie zusammen mit ihrer Tochter inmitten der tanzenden jungen Leute herumge-

sprungen. Sie war außer Atem, erhitzt, sicherlich war ihr Gesicht hochrot. Egal. Jetzt verordnete Marlene sich Eiseskälte.
Sie schlängelte sich an den Tanzenden vorbei. Schon aus einiger Entfernung sah Marlene, wie der Blick des Nachbarn ins Gequirle der Tanzenden stieß, hin und her flatterte, sie sah, dass er innerlich bebte, obwohl seine Haltung völlig starr und verkrampft war. Das alles erfüllte sie mit tiefer Genugtuung.
Marlene hatte deutlich das Gefühl, in diesem Moment ein für alle Mal klären zu können, was für ihr weiteres Leben von Belang war. Sie trat vor ihn hin: »Herr Schaaf, Sie haben sicher einen Grund vorbeizukommen. Meine Einladung hatten Sie ja ausgeschlagen.«
»Und ob ich einen Grund habe!!« Er zitterte am ganzen Körper.
»Welchen?«
»Ich kann Sie nicht verstehen. Können wir vielleicht hier rausgehen.« Er riss die Tür auf.
Auf der Kellertreppe dachte Marlene an den einzigen Stierkampf, den sie jemals gesehen hatte, in Spanien, zusammen mit Jossi. Nie wieder, hatte sie damals beschlossen, würde sie sich so ein Schauspiel antun. Jetzt dachte sie an das rote Tuch des Matadors. Sie schwenkte es, um den Stier in Bewegung zu bringen, sie wollte, dass er sich tobend und schnaufend in ihr rotes Tuch stürzte. So lange, bis er vor Erschöpfung zusammenbrach.
Ihr Nachbar rührte sich nicht. Er hatte beide Hände in den Hosentaschen vergraben und starrte sie an. »Was sich bei Ihnen abspielt, ist abartig, Frau Hagedorn.«
Marlene sagte ihm, dass sie sich auf nichts einlassen werde,

auf keine Diskussion mit ihm. Weil jede Diskussion mit ihm lächerlich wäre. »Aber eines muss ich Ihnen doch sagen: Sie sollten aufhören, auf den Gefühlen anderer Menschen rumzutrampeln.« Marlene reckte sich. »Sonst werden Sie mich kennen lernen.«
Ihr Nachbar spitzte seinen Mund. Marlene fand, dass ihm das den Ausdruck eines traurigen Fisches verlieh. »Und jetzt verschwinden Sie aus meinem Haus«, sagte sie kühl.
Henry Schaaf nahm zwei Treppenstufen aufwärts. Dann drehte er sich nochmal um und sagte: »Frau Hagedorn.« Er sah auf Marlene hinunter. »Bei dem Krach kann kein Mensch arbeiten, niemand kann das. Aber ich muss arbeiten. Haben Sie das verstanden?«
»Ich hab es gehört.«
»So.«
»Ja.«
»Wenn Sie mich weiter an meiner Arbeit hindern, werde ich Sie …«
»Sie werden gar nichts!«, Marlene schnitt ihm das Wort ab, und es gelang ihr sogar, ihn dabei anzulächeln.
Er fuhr sich mit den Händen hektisch durch die Haare. Ging weiter die Treppe hinauf, drehte sich nochmal um. »Ich mach Sie fertig!«, schrie er.
»Ach, hauen Sie doch ab«, rief Marlene fröhlich zurück.
Er schloss die Tür hinter sich.
Sie hatte ein gutes Gefühl. Frank kam aus dem Tanzraum.
»Was war mit dem Kerl?«
»Nichts weiter. Er ist gegangen.«
Frank sah sie besorgt an. »Soll ich die Musik leiser machen?«
»Im Gegenteil!«, sagte Marlene.

Sie fühlte sich auf einmal vollkommen frei. Und das hielt vor bis zu dem Moment, da diese kleine, dicke Frau plötzlich durch die Tür trat, ohne auf eine Einladung Marlenes zu warten. »Frau Michalke«, stellte sie sich vor und dann nochmal: »Frau Michalke vom Jugendamt.«
Die Frau sah aus, als hätte sie noch nie in ihrem Leben einen Fehler gemacht. Sie stand plötzlich mitten unter Marlenes Gästen und reckte den Kopf. »Es geht um die Überprüfung Ihrer Verhältnisse, genauer: um das soziale Umfeld Ihrer drei Töchter.«
Marlene hatte gelacht und Frau Michalke etwas zu trinken angeboten. Es war ungefähr zwanzig Uhr. Aber die Frau hatte brüsk abgelehnt. »Ich bin dienstlich hier. Sie erziehen Ihre drei Töchter alleine?«
Marlene hatte nichts verstanden, der Lärm der Beatmusik war zu groß. Nadja kam dazu, eine Sektflasche in der Hand, aus der sie trank. Frau Michalke erklärte, dass bei ihr im Amt eine Meldung vorläge.
»Was für eine Meldung?«
»Das haben wir diesem Arschloch dort drüben zu verdanken«, kreischte Nadja und schwenkte die Sektflasche. Frau Michalke verbuchte dies sofort als Minuspunkt. Noch schwerer wog allerdings, dass Nadja nach ihrem Ausfall sofort einen langen Schluck aus der Flasche nahm und ungeniert rülpste.
»Ihre minderjährige Tochter betrinkt sich vor Ihren Augen. Am Tage. Gewöhnlich machen Mädchen ihres Alters um diese Zeit ihre Hausaufgaben. Ich glaube, Sie haben wirklich Probleme, Frau Hagedorn, Sie sind nicht in der Lage, die Erziehung Ihrer Kinder allein zu bewältigen.« Frau Michalke hatte mausgraue Augen, und ihre Lippen waren

nicht viel mehr als ein Strich in dem puppigen Gesicht. Sie werde die Angelegenheit weitergeben, sagte sie. »Sie hören von uns!«
Frank war, wie immer etwas zu spät, aus dem Tanzsaal gekommen und fragte: »Ist was passiert?«
»Scheint so, als hätte uns Schaaf angezeigt.«
Frau Michalke ging den schmalen Gartenweg hinunter. Am Gartentor stand Henry Schaaf. Er stellte sich vor. »Ach, dann haben Sie uns angerufen. Vielen Dank!«, sagte Frau Michalke fast überschwänglich. »Sie glauben ja gar nicht, wie viele Menschen einfach nur wegsehen.«
»Aber jetzt weiß ich nicht mehr, ob es überhaupt richtig war ...«, sagte Henry.
»Da seien Sie mal ganz unbesorgt, Herr Schaaf, das war goldrichtig.«
»Na ja, ich weiß nicht. Es ist eine Familie. Ich selbst habe keine Familie.«
»Mitleid führt zu falscher Nachsicht«, stieß die Frau vom Jugendamt hervor, wobei sie jede Silbe einzeln betonte.
»Das meine ich nicht. Aber sie wird sich rächen, alle da drin werden sich rächen.« Henry musste an all die Mieter denken, die vor den Hagedorns in der anderen Doppelhaushälfte gewohnt hatten und die angeblich seinetwegen wieder ausgezogen waren. Im Grunde hatten die sich doch alle nur seiner bemächtigen wollen. Sie hielten sein Haus besetzt und wären fast nicht mehr zu vertreiben gewesen. Die Heilmanns, die Lehrerin, das Arztehepaar. Blutsauger. Menschen, die ihn in seiner Arbeit behinderten.
»Wissen Sie«, sagte er zu Frau Michalke, »ich habe jetzt nicht die Kraft, einen solchen Kampf auszufechten, ich stecke mitten in einer meiner wichtigsten künstlerischen Arbeiten.«

Frau Michalke legte ihre Hand auf seinen Arm, es war eine kleine, schneeweiße Hand mit kurzen, dicklichen Fingern. Henry war die Berührung unangenehm. »Sie sind ja nicht allein«, sagte Frau Michalke und schenkte ihm einen warmen Blick.

25

Die Letzten waren gegangen. Marlene ließ alles stehen und liegen, wo es stand und lag. Müde stieg sie die Treppe hinauf. Sie warf noch einen Blick in Miriams Zimmer. Ihre Zweitjüngste lag zusammengekuschelt im Bett. Ihren Teddybären hatte sie fest in den Armen. Marlene ließ ihren liebevollen Blick noch ein paar Augenblicke auf dem Kind ruhen. Sie war die ruhigste und ausgeglichenste von den dreien. Manchmal sagte man ja, die Mittleren hätten es besonders schwer, aber bei den drei Hagedorntöchtern war das im Augenblick ohne Zweifel die Älteste. Nadja machte ihr Sorgen. Sie war so aggressiv, was ja diese kleine, dicke Frau vom Jugendamt auch zu spüren bekommen hatte. Ach, hätte Nadja doch nur ein bisschen von Miriams Freundlichkeit und ihrer Art, sich beliebt machen zu können, gehabt. Marlene seufzte leise und zog die Tür behutsam wieder zu.

In ihrem Zimmer ließ sie sich in einen Sessel sinken und streckte die Beine weit von sich. Es war ein Uhr nachts. Alles war still. Zwei Wochen war es her, dass sie gesagt hatte: Jetzt kann nichts mehr schief gehen. »Es kann«, sagte Marlene in die Stille hinein. Sie stand auf, öffnete das Fenster und sah hinunter in den dunklen Garten.

Als Frau Michalke das Haus verlassen hatte, war sie am Gartentor von Henry Schaaf abgefangen worden. Die beiden hatten miteinander gesprochen, als wären sie alte Bekannte. Immer wieder hatte die Michalke genickt und beruhigend ihre Hand auf Schaafs Unterarm gelegt. Marlene hatte hinter dem Fenster ihres Wohnzimmers gestanden und die beiden beobachtet, während im Untergeschoss die Party tobte.

Vorhin noch hatte sie ein Triumphgefühl gehabt. Jetzt hatte sie den Eindruck, plötzlich von der übrigen Welt getrennt zu sein. Der Nachbar war kein Mann, über dessen Macken man lachen oder einfach hinweggehen konnte. Er hatte etwas in Gang gesetzt, was kaum oder nur sehr schwer wieder anzuhalten war. Die Räder der Bürokratie.

Sie legte sich vor ihrem Bett flach auf den Boden, den Rücken angespannt, die Arme dicht neben dem Körper abgelegt, und versuchte gleichmäßig zu atmen. Diese Übung half ihr oft, zur Ruhe zu kommen. Heute nicht! Sie fand keine Konzentration. Es funktionierte nicht.

Marlenes Gedanken liefen wild durcheinander. Ihr Atem wollte sich nicht beruhigen, sie spürte, wie ihr Herz klopfte. Keuchend lag sie am Boden.

Mit einem Ruck schnellte sie hoch und stand im gleichen Moment fest auf beiden Füßen. Ihr Körper machte wenigstens noch immer, was sie ihm abverlangte. Das jahrelange Training und ihr fester Wille, auch jetzt, da sie nicht mehr auftrat, ihre Spannkraft zu erhalten, zahlten sich aus. Marlene hätte morgen wieder zur Bühne zurückkehren können.

Mit wem konnte sie reden? Wer konnte ihr einen Rat geben? Jetzt sofort. Ein Blick auf die Uhr, und es war klar, dass

nur Frank übrig blieb. Der musste seit ungefähr einer Stunde zu Hause sein. Vermutlich lag er im ersten Schlaf.
Sie ging die Treppe hinunter zum Telefon, nahm den Hörer mit auf ihr Zimmer, wählte Franks Nummer, setzte sich aufs Bett und streifte mit der Spitze ihres linken Fußes den Schuh vom rechten und danach mit dem Zeh des rechten Fußes den Schuh vom linken. Plötzlich spürte sie Tröpfchen auf dem Nasenrücken.
Draußen bellte ein Hund, und sie hörte eine wütende männliche Stimme, dann einen scharfen Pfiff. Das Bellen des Hundes verstummte.
Marlene schaltete das Telefon aus, bevor Frank sich melden konnte. Sie verließ ihr Schlafzimmer, stieg die Treppe hinunter und begann, wie in einem Furor den Tanzraum aufzuräumen. Es roch wie in einer billigen Kneipe. Die jungen Leute rauchten zu viel. Marlene riss alle Fenster auf.

Henry war in sein Haus zurückgegangen, nachdem er sich von Frau Michalke verabschiedet hatte. Warum schickten die vom Jugendamt eine Frau, und dann auch noch so eine, die sich an ihren eigenen wohlmeinenden Gedanken berauschte? Sie war ihm unsympathisch.
Der Komponist sah auf die Reihe der gespitzten Bleistifte auf seinem Arbeitstisch. Sie waren nach ihrer Größe geordnet, die Reihe begann mit den kleinen Stiften und verlief wie die Form eines Xylophons, sie endete mit den noch nicht benutzten Stiften. Er hielt sich am Anblick der Bleistifte fest in der Hoffnung, er könne sich damit beruhigen. Er glaubte zu sehen, dass die Stifte vibrierten. Das musste von dem Lärm aus dem Nachbarhaus kommen, der noch lauter geworden war.

Henry Schaaf war wie paralysiert. Doch endlich kam Bewegung in ihn. Er ließ alle Rollläden herunter, schloss sämtliche Vorhänge, stopfte sich Ohropax in die Gehörgänge und legte die dicken, schalldichten Kopfhörer an, ohne Musik einzuschalten. Dann setzte er sich an seinen Flügel. In seinem Musical gab es den Auftritt einer Gruppe Jugendlicher, keine Faschos, keine Glatzen, keine dezidierten Rechtsradikalen, sondern Jungen und Mädchen, die das Leben links liegen gelassen hatte und deren Wut zusammenfloss, sich bündelte und mehr und mehr steigerte. Der Librettist hatte die Gruppe sehr genau beschrieben, und er hatte einen Liedtext entworfen, der ihrem Aufbegehren eine adäquate Sprache verlieh. Die jungen Leute forderten in ihrem Refrain immer wieder »Respekt!«.

Henry spielte ein paar Takte – harte Rhythmen, eine fast monotone Melodie, die sich steigerte, ohne die Tonlage groß zu verändern. Einen Augenblick dachte er an Ravels Bolero, verwarf den Vergleich aber sofort wieder. Für dieses Stück Musik brauchte man Schlaginstrumente. Einen gleichmäßigen Beat. Und eine laute Elektrogitarre – ein Instrument, das er nicht liebte, aber jetzt konnte er in seinen Gedanken plötzlich damit umgehen, konnte sie einsetzen. Der Stift flog über das Notenpapier.

Dann kehrten die Hände wieder zu den Klaviertasten zurück. Mit so einem harten Anschlag hatte er noch nie gespielt. Dabei hörte er die Musik gar nicht. Er übertrug sie von der Klaviatur aufs Notenblatt, ohne sie vernommen zu haben. Er sah die Musik, denn er sah ja, was seine Finger spielten, und es war nicht schwer für ihn, das alles mit seinem inneren Ohr zu hören.

Drei Stunden hatte er auf diese Weise gearbeitet, dann war

der Auftrittssong der Jugendgang fertig. Henry stieß die Luft aus, als ob er sie die ganze Zeit angehalten hätte. Langsam nahm er die dicken, gepolsterten Kopfhörer ab, dann zog er die Plastikstöpsel aus den Ohren. Er schüttelte den Kopf. Hatte er sein Gehör verloren? Es war so still.
Henry Schaaf eilte nacheinander zu allen seinen Fenstern, riss die Vorhänge auf, zog geräuschvoll die Rollläden hoch und öffnete die Fensterflügel bis zum Anschlag. Er atmete die kühle Nachtluft ein. Ein Triumphgefühl überkam ihn. Er hatte eine Musik geschaffen, die er sich selbst nicht zugetraut hätte.

Erst als er aus dem Nachbarhaus das Klirren von Geschirr und Besteck hörte – offenbar räumte jemand auf –, kehrte er vollends wieder ins Leben zurück. Sein Blick fiel auf seine Uhr. Es war schon nach zwei. Was machte diese Verrückte dort drüben? In rasender Eile warf er alle Fenster wieder zu, ließ die Rollläden herunter, zog die Vorhänge vor und machte seine Ohren mit Ohropax wieder dicht. Am anderen Morgen hätte er jede Wette angenommen, dass er in dieser Nacht kein Auge zugetan habe, obwohl er danach sieben Stunden am Stück geschlafen hatte.

26

Als Marlene aufwachte, war es kurz nach acht. So lange hatte sie nicht mehr geschlafen, seitdem sie in dieses Haus gezogen war. Aber es war ja auch spät gewesen letzte Nacht. Eher routinemäßig öffnete sie auf dem Weg ins Bad die Tür zu Miriams Zimmer. Die Tochter musste ja eigentlich schon

in der Schule sein. Miriam saß an ihrem schmalen Schreibtisch, der direkt vor dem Fenster stand, und schrieb.
»Miriam, sag mal …« Marlene trat näher. Miriam legte schnell ein Schulheft auf das Geschriebene. »Du musst doch in die Schule!«
»Schreibst du mir eine Entschuldigung?«
»Aber warum? Bist du krank?«
Miriam antwortete nicht. Das kannte Marlene schon lange an ihrer mittleren Tochter. Miriam konnte nicht lügen, und wenn sie einmal keinen anderen Ausweg mehr wusste, schwieg sie einfach.
»Ist es wegen Andreas?«
»Wie kommst du denn darauf?«
»Ich hab dich gestern Abend beobachtet. Du hast dich in ihn verliebt, stimmt's?«
»Gar nicht wahr!«
»Und weil du weißt, dass er heute kommt, um mir zu helfen, die Kinderzimmer zu streichen, willst du lieber hier bleiben.«
»Stimmt ja gar nicht. Ich hab verschlafen und …« Sie hätte jetzt sagen müssen, ich fühle mich krank, aber das brachte sie wieder nicht über die Lippen.
Marlene beschloss nachzugeben und ärgerte sich im gleichen Moment darüber. »Na gut, mir wird schon irgendeine Entschuldigung einfallen«, sagte sie lahm und verließ Miriams Zimmer. Auf der Treppe schüttelte sie unwillig den Kopf. Das Kind war unfähig zu lügen, aber es hatte keine Probleme damit, seine Mutter zum Lügen zu überreden.
Marlene ging in den Garten hinaus. Es versprach ein heißer Tag zu werden, aber jetzt war es luftig und angenehm

warm. Sie setzte sich an den runden Gartentisch unter dem Kirschbaum, legte sich einen Briefbogen zurecht und dachte darüber nach, ob sie Miriam eine Magen-Darm-Grippe oder einen Migräneanfall attestieren sollte. Stattdessen legte sie die Füße auf einen zweiten Stuhl und legte den Kopf weit zurück. Alles blühte. Die Luft war schwer und süß. Rosen, Schwertlilien, Rhododendron. Rot, rosa, gelb. Um Marlene herum ein Meer von Blüten. Sie schloss die Augen und zog den schweren Duft der Lilien und der Rosen ein.
Sie bemerkte nicht, dass Henry Schaaf an das Fenster seines Musikzimmers getreten war und zu ihr heruntersah. Er konnte den Blick lange nicht von ihr wenden. Marlene hatte die Knöpfe am Dekolleté ihres leichten Sommerkleides geöffnet und den Rock hoch geschürzt, um möglichst viel Sonne an sich heranzulassen. Eigentlich ist sie gar nicht zu dünn, sagte sich Henry Schaaf.

Andreas hatte nur eine Badehose an und war schon über und über mit Farbe beschmiert. Er malte in Cillis Zimmer die dem Fenster gegenüberliegende Wand mit einem Roller rostrot. Dazu lief auf einem Kassettenrecorder Musik. Von ihm unbemerkt kam Miriam herein. Sie lehnte sich in die Tür und schaute zu. Schließlich sagte sie: »Was ist denn das für 'ne Farbe?«
Andreas schaut sich um. »Rostrot, find ich echt geil. Oben könnte man noch einen Fries lang ziehen – gelb und blau …«
Miriam machte: »Iiiihhh! Würg äh!«
»Gefällt dir nicht?«
»Ich tausche vielleicht mit Cilli, dann wird das mein Zimmer. Warum hast du mich denn nicht vorher gefragt?«

Andreas zuckte die Achseln. »Ich hab deine Mutter gefragt, die findet's cool.«
»Aber die wohnt nicht in dem Zimmer … Rostrot! Ist ja echt krass!«
Andreas wurde sauer. Er knallte den Farbeimer auf den Boden. »Streich doch deine Wände selber!«
Miriam machte einen Schmollmund, von dem sie glaubte, dass er ihr besonders gut stand. »Ich hab gedacht, du machst das für mich, da kannst du mich doch auch fragen.« Dazu versuchte sie einen Augenaufschlag, den sie für verführerisch hielt.
»Ich mach's für Kohle! Und deine Mutter ist meine Auftraggeberin, nicht du!«
»Aber ich …«
»Oder bezahlst du mich etwa dafür?«, schnitt der Junge ihr das Wort ab.
»Darum geht's doch gar nicht!«
»Doch, darum geht's. Und sonst um gar nichts! Und jetzt lass mich endlich in Ruh'! Ich kann mich hier nicht auch noch um kleine Kinder kümmern!«
Miriam wollte noch etwas sagen, brachte aber keinen Ton mehr heraus. Sie rannte aus dem Zimmer, jagte die Treppe hinunter und fegte aus dem Haus.

27

Als es klingelte, stand Henry im Badezimmer vor dem wandfüllenden Spiegel und suchte vergeblich unter seinen Augen nach Ringen. Er zog den Gürtel seines Morgenmantels enger um die Hüften und schritt zur Tür. Wenn es die

Nachbarin war, um sich zu entschuldigen, würde er ihr nur kurz und knapp sagen, dass er sie wegen Nachtruhestörung, Belästigung und Nötigung verklagen würde.
Aber es war Ben. »Morgen, wie geht's?« Wie immer gab der Agent seinem Klienten nicht die Hand. Er wusste ja, dass Henry körperliche Berührungen verabscheute.
»Beschissen wäre geschmeichelt«, antwortete der Komponist. »Kaffee steht in der Küche, aber bitte nimm eine Untertasse, ja?!«
Während Ben in die Küche ging, fragte er: »Bist du weitergekommen?«
Statt zu antworten, schaltete Henry das Bandgerät ein. Er hatte die Komposition der vergangenen Nacht aufgezeichnet. Ben erschien mit großen Augen auf der Türschwelle zur Küche. Fast andächtig hörte er zu, und als die Musik verklungen war, fragte er ungläubig: »Das ist von dir?«
»Das ist die Musik für den Song ›Respekt!‹.«
»Kann ich das Band haben?« Ben war sichtlich aufgeregt.
»Warum?«
»Warum? – Na, du kannst fragen, weil ich's Gregory vorführen will. Das ist super, das ist mega, Mann, so was hast du noch nie geschrieben …«
»Da kannst du mal sehen, in was mich die dort drüben«, Henry deutete mit dem Daumen in Richtung von Marlenes Haus, »hineintreiben.«
»Ja, wenn das so ist, brauchen wir noch ein paar Dutzend mehr von denen«, rief Ben übermütig.
Henry starrte seinen Agenten an, und in seinen Augen schien Ben Mordlust zu erkennen. Ben stellte schnell seine Kaffeetasse zur Seite und hob abwehrend beide Hände. »Das sollte ein Spaß sein, Henry!«

»Ich habe das Lied in einer Art Trotzreaktion geschrieben, verstehst du das?! Aber das wird kein zweites Mal passieren. Ich weigere mich, überhaupt noch einen Ton zu schreiben, solange diese Menschen dort drüben ihr Unwesen treiben. Gestern haben sie eine Party gefeiert ...«
»Henry«, sagte Ben eindringlich, »jeder Hausbesitzer und jeder Mieter darf pro Monat ein Fest feiern. Das ist gesetzlich erlaubt.«
»Jedenfalls hab ich das Jugendamt benachrichtigt.«
»Was hast du?«
»Ja, und kurz darauf war auch schon eine Beamtin da. Manchmal funktioniert ja in diesem Staat doch noch was.«
»Du hast Frau Hagedorn das Jugendamt auf den Hals gehetzt?«
»Sag ich doch. Du solltest mich dafür loben.«
Ben nahm die Kassette aus dem Bandgerät und schob sie in die Innentasche seiner Jacke. Jetzt war nicht die Zeit für lange Diskussionen. »Ich kann Gregory also sagen, dass du bis zum Zehnten des nächsten Monats fertig wirst?«
Statt auf Bens Frage zu antworten, sagte Henry: »Sie ist verrückt. Die Frau ist verrückt, und sie macht mich verrückt.« Er warf seine Arme in die Luft. »Du solltest sie mal lachen hören. Die ganze Zeit hör ich dieses Lachen.« Er starrte Ben mit zusammengekniffenen Augen an. »Verstehst du nicht? Jeder Mensch schimpft oder schreit herum, wenn er seinem Ärger oder seinem Zorn Luft machen will. Sie lacht.« Henry fummelte nervös an seinem Hemdkragen herum. »Sie lacht«, wiederholte er. »Mehr an Verrücktheit kann doch wohl nicht sein?!«
Eine lange Weile sagte Ben nichts. Dann stand er auf. Er ließ seine Hände in den Hosentaschen verschwinden und

kippelte auf seinen Schuhen hin und her. »Gregory würde uns verklagen. Wenn du's nicht schaffst, sind wir draußen.«

»Na gut, dann sind wir eben draußen. Ich kann's auch nicht ändern. Sorge dafür, dass diese Frau verschwindet, sonst schreibe ich keinen Ton mehr …«

»Jetzt hast du grade ein Lied geschrieben, das besser ist als alles …«

»Keinen Ton mehr!«, fuhr Henry Ben in die Parade. »Ich höre auf. Überhaupt wäre es wahrscheinlich besser, das Musical zu vergessen und das Klavierkonzert zu schreiben.«

»Henry!«, insistierte Ben.

»Nein, mein Entschluss steht fest. Es sei denn, du schaffst mir dieses Weib vom Hals!«

Ben sah ein, dass es im Augenblick keinen Wert hatte, weiter auf den Komponisten einzureden. Er machte kehrt und verließ den Raum.

Henry trat ans Fenster und sah auf die Straße hinaus. Ben stieg nicht in sein Auto, sondern ging schnurstracks in den Nachbargarten.

Marlene sah hinauf in den Wipfel des hohen Ahorns, in dem sich die verzweifelte Miriam versteckt hielt. Andreas war der Grund. Das wusste Marlene nur zu genau. Der schöne Andreas, der sich der Mädchen kaum erwehren konnte und das auch gar nicht wollte. Wie viele ihrer Schülerinnen hatte sie seinetwegen schon trösten müssen. Aber nun hatte es Miriam erwischt.

Marlene rief in die Baumkrone hinauf: »Miriam, nimm doch seine Launen nicht so ernst. Andreas lässt das immer

die anderen spüren, wenn er schlecht drauf ist. Komm runter, bitte, Miriam!«
»Geh weg, ich will allein sein.«
Marlene trat ein paar Schritte zurück. Starrte wieder hinauf in die Äste des Ahorns, lief hin und her. Sie stellte sich an den Baumstamm. Das dichte Blattwerk gab nicht einmal den Blick auf einen von Miriams Füßen frei. Miriam war nicht sehr sportlich. Marlene fragte sich, wie das Mädchen überhaupt da hinaufgekommen war.
Nicht durchdrehen. Marlene musste es sich immer wieder sagen. Sie hatte die alten Bilder im Kopf, sah ihre eigene ältere Schwester, wie sie verkrümmt auf dem Rasen lag. Wie der neben ihr kniende Arzt stumm und entsetzt den Kopf schüttelte. Wie die Eltern schweigend dastanden. Wie sie nicht weggehen wollten.
Marlene schüttelte sich, als wären die Bilder auf diese Weise zu vertreiben. Sie spürte die Tröpfchen auf dem Nasenrücken. Sie stützte sich mit einer Hand gegen den Stamm des Ahorns, um nicht plötzlich umzufallen.
Jemand durchquerte den Nachbargarten. Ein Zaun aus Maschendraht, von wildem Wein überwuchert, trennte ihren Garten von dem des Nachbarn. Der Mann sprang über ihn hinweg und kam näher. Er kam direkt auf Marlene zu.
»Guten Tag, wir kennen uns ja schon. Ich, äh, hätten Sie kurz Zeit für mich?« Er stellte sich dicht neben Marlene, als kennten sie sich seit langer Zeit.
Marlene sah in die Baumkrone und schüttelte den Kopf.
»Nein. Bestimmt nicht. Bitte gehen Sie.«
Bens Augen folgten ihrem Blick nach oben.
»Was ist los? Kann ich irgendwie helfen?«, fragte er.
»Ja, gehen Sie einfach.«

»Wer versteckt sich denn da oben?«

»Das geht Sie nichts an.«

Von oben kam Miriams Geschrei. »Haut ab. Haut ab da unten.«

Marlene sagte: »Bitte, sehen Sie nicht, dass ich …«

Er wandte sich unbeeindruckt Marlene zu. »Ja, ich seh's. Hat sie Liebeskummer?«

Marlene antwortete nicht, aber sie warf ihm einen erstaunten Blick zu.

Ben sagte: »Da hilft nur eins. Man muss sie wütend machen.« Er legte die Hände trichterförmig vor seinen Mund und rief zur Baumkrone hinauf: »Weißt du, weshalb ich hier bin? Ich bin beauftragt, deiner Mutter das Haus zu kündigen. Weil's dauernd Beschwerden gibt. Ihr fliegt raus. Hast du verstanden?« Zu Marlene gewandt sagte er flüsternd: »Das ist natürlich gelogen.«

Marlene trat ein paar Schritte zur Seite, um Abstand zwischen ihn und sich zu bringen. »Sie sind unmöglich«, stieß sie hervor.

»Aber nein. Ich habe vier Geschwister. Ich bin der Älteste.« Er sah sie an. »Vertrauen Sie mir einfach.«

Marlene verkrampfte ihre Hände ineinander. Sie war außer sich vor Angst, und dieser Mann nahm es von der heiteren Seite. Sie konnte nicht mehr zu ihm hinschauen.

Von oben kam: »Mama. Ist das wahr?«

»Na also«, sagte er.

»Na also«, sagte er noch einmal, als Miriam nach endlosen Minuten sichtbar wurde und sich langsam abwärts hangelte. Marlene konnte gar nicht hinschauen. Miriam war zwar den Baum hinaufgekommen, runter kam sie nicht. Bei Katzen rückt immer die Feuerwehr an, dachte Marlene.

Ben streckte seine Arme aus. »Spring einfach«, befahl er.
»Ich hab Angst«, wimmerte Miriam.
»Spring, hab ich gesagt. Lass los! Ich fang dich auf.«
Marlene stand immer noch bewegungslos, als Miriam in Ben Morats Armen landete.
»Das ist doch nicht wahr, Mama, dass er uns rausschmeißen kann. Sag doch was.«
»Entschuldige, Miri«, sagte Marlene.
Ben lachte. »Es war nur ein Trick. Ich dachte mir, ein Trick ist besser als ein gebrochenes Bein. Verzeihst du mir?«
Miriam warf ihm einen vernichtenden Blick zu. »So eine Gemeinheit«, sagte sie zu Marlene und zu Ben: »Sie sind doch das Letzte!« Dann rannte sie ins Haus.
Marlene wusste nicht wohin vor Erleichterung. Eine Sekunde lang verspürte sie das Bedürfnis, sich in die Arme dieses Mannes zu werfen. Dann sagte sie steif: »Ich bin Ihnen wirklich sehr dankbar.«
»Danke«, sagte Marlene noch einmal, als sie in der Küche stand und zusah, wie der Kaffee in die Kanne tropfte. Es schien ewig zu dauern. »Aber damit Sie's wissen. Ich bedanke mich sehr ungern bei Ihnen.«
Ihr war nichts anderes übrig geblieben, als seine Frage, ob er vielleicht einen Kaffee bekommen könne, mit »Ja« zu beantworten. Sie wollte schließlich nicht unhöflich sein. Jetzt saß er hinter ihr am Tisch und streckte seine Beine aus, lässig, als wär nichts weiter gewesen. Marlene hatte keine Lust, ihn ins Zimmer zu bitten. Er redete, aber Marlene hörte nicht richtig zu. Sie stellte die Kaffeetassen auf den Tisch.
»Woran denken Sie?«, fragte Ben, während er seine Pfeife stopfte.
»An nichts, was ich Ihnen erzählen würde«, sagte Marlene.

Sie hielt die Kaffeekanne über seine Tasse. Und natürlich goss sie den Kaffee daneben. Ben sprang von seinem Stuhl auf, rannte zum Waschbecken und hielt die Hand unter den laufenden Wasserhahn. Sogar jetzt brachte er noch ein Lachen zustande. »Sie sind ja immer noch durcheinander.«
»Entschuldigen Sie, es tut mir Leid.« Marlene stellte die Kanne ab. »Vielleicht haben Sie Recht.«
Ben nahm die Kanne und schenkte nun seinerseits Marlene Kaffee ein. Er bewegte seine Hand in der Luft hin und her.
»Ich habe eine Salbe da.« Marlene stand auf. »Ich hol sie.«
»Um Gottes willen, nein«, rief er, »es ist doch nichts.«
Marlene sah auf seinen flammend roten Handrücken. »Ich hol die Salbe«, sagte sie entschieden.
Ben trat hinter Marlene, legte seine flachen Hände auf ihre Schultern und drückte sie sachte auf ihren Stuhl zurück. »Nein. Sie sollen jetzt hier bleiben. Und Sie sollen aufhören, durcheinander zu sein.« Zum ersten Mal sagte er etwas, ohne es mit einem Lachen zu begleiten.
»Lassen Sie das meine Sorge sein, ich meine, wann ich durcheinander bin und wann nicht.« Marlene sagte es heftig und stand gleichzeitig auf. »Was bilden Sie sich eigentlich ein?« Sie stellte sich mit dem Rücken vors Küchenfenster, verschränkte ihre Arme vor der Brust. Sie sah Ben Morat durchdringend an.
»Sie haben mich nicht verstanden, oder?«, sagte er. »Ich überlege mir ernsthaft, ob ich die ganze Sache nicht hinschmeiße.«
»Welche Sache?«
»Die Betreuung Henry Schaafs. Ich denke darüber nach, ob ich unsere Geschäftsbeziehung nicht auflösen soll.«
Marlene sagte nichts darauf.

»Andererseits: Wir arbeiten seit über zehn Jahren zusammen. Und er steht kurz vor seinem Durchbruch!« Ben Morat schwieg.
Nach einer Weile sagte Marlene: »Warum erzählen Sie mir das?«
Ben stand auf. »Na ja«, sagte er, »damit Sie's wissen. Ich hab mitbekommen, dass er irgendwas mit dem Jugendamt gemauschelt hat. Da war doch jemand bei Ihnen, oder?« Er sah Marlene an. »Oder nicht?«
»Es spielt keine Rolle«, sagte Marlene. »Das hätte er sich sparen können, Ihr Herr Schaaf.«
Ben sah Marlene zweifelnd an. Er glaubte ihr kein Wort. Er ging zurück zum Tisch, setzte sich wieder hin. »Na, umso besser«, sagte er und goss sich nun selber Kaffee ein. »Dann habe ich diese Angelegenheit wohl ernster genommen als Sie. Ich sagte mir: Bei Henry hat irgendetwas ausgesetzt. Bring dich in Sicherheit, aber wenn das für Sie alles gar nicht so schlimm war ...«
»Neulich sagten Sie noch, für so jemanden würden Sie alles tun! Und Sie haben gedroht, mir das Gewerbeaufsichtsamt auf den Hals zu hetzen.«
»Neulich, ja.« Er stand wieder auf und hielt Marlene seine Visitenkarte hin.
»Hier. Meine Nummer. Für Sie immer erreichbar. Ich meine, für den Fall, dass er endgültig ausrastet. Rufen Sie mich an.«
»Wer sagt Ihnen, dass ich Hilfe brauche?« Marlene lief durch die Küche auf die Haustür zu. Er deutete das ganz richtig als Zeichen für das Ende ihres Gesprächs. An der Haustür sagte er: »Es war schön, mit Ihnen Kaffee zu trinken.«

Marlene sagte: »Auf Wiedersehen, Herr Morat.«
Auf dem Plattenweg drehte er sich noch einmal um. »Ich glaube, wir sehen uns bald wieder, Frau Hagedorn. Bis dann.«
Er winkte ihr nochmal zu. Marlene schloss die Tür.
»Gefällt dir der?« Miriam stand oben an der Treppe und sah zu ihr herunter.
Marlene sagte: »Also, darauf fällt mir jetzt wirklich nichts ein.«

28

Ratlos stand Marlene vor ihrem Kleiderschrank. Ihre Hand glitt über die Kleider und Blusen. Sie hatte Auswahl genug, aber hatte sie überhaupt Lust, sich heute Abend in Schale zu schmeißen? Plötzlich warf sie die Schranktüren zu und eilte zum Telefon. Am anderen Ende der Leitung meldete sich Edita mit nervöser Stimme. »Komisch«, sagte sie, als Marlene sich gemeldet hatte, »gerade wollte ich dich anrufen. Es kommt nämlich jemand, der wild darauf ist, dir zu helfen. Ich wollt's dir nur vorher sagen, falls du … na ja, du wolltest mir doch gerade sagen, dass du nicht kommst, oder?«
Marlene seufzte. »Ehrlich gesagt, ja.«
»Vergiss es. Du kommst jetzt rüber, verstanden?«
»Ich überleg's mir.«
»Aber Marlene. Du musst doch mal auf andere Gedanken kommen und nicht dauernd … du weißt schon, Leute sehen, ein bisschen reden, ein bisschen trinken. Kommst du?«
Marlene war, während Editas Wortschwall in ihr Ohr drang, mit dem Hörer hin und her gegangen. Jetzt stand sie

in der Diele, betrachtete kritisch ihr Spiegelbild. So furchtbar, wie sie gedacht hatte, sah sie gar nicht aus.

Eine Stunde später stand Marlene, ihr Proseccoglas in der Hand, mitten unter Editas Gästen. Sie hatte ein knöchellanges zimtfarbenes Seidenkleid an, das ihren schönen Körper sanft umfloss. Die Haare hatte sie hochgesteckt, und sie war nur sehr dezent geschminkt.

Aber sie langweilte sich. Marlene trank ihr Glas aus. Warum hatte sie sich von Edita überreden lassen? Sie kannte niemanden, und sie wollte auch niemanden kennen lernen. Sie machte immer den gleichen Fehler. Wenn man nicht in Stimmung war, sollte man auch nicht unter Leute gehen. Um sie herum fast nur Paare. Als allein stehende Frau war es doppelt schwer.

Sie setzte sich in einen Sessel, der an der Wand stand. Editas Gäste unterhielten sich in Grüppchen. Sie schaute ihnen zu, ohne darauf zu hören, was gesprochen wurde, und entspannte sich dabei ein wenig.

Edita kam fröhlich auf sie zugeschwirrt, ihren Mann zog sie an der Hand hinter sich her.

»Ich hab dir von Marlene erzählt«, sagte Edita zu ihm.

»Hallo«, sagte Editas Mann und musterte Marlene dezent, aber erstaunt. Er sah freundlich aus, umgänglich. »Ehrlich gesagt, war ich auf eine ganz andere Frau gefasst«, sagte er und lachte.

»Aha?«, sagte Marlene, »auf was für eine denn?«

»Ich weiß nicht recht – nicht so weiblich, nicht so hübsch. Immerhin habe ich gehört, dass Sie kämpferisch genug sind, es mit Henry Schaaf aufzunehmen.«

»Ich verstehe, Sie dachten mehr so an den Typ Flintenweib.«

Editas Mann lachte. »Gehen wir was trinken?« Er reichte ihr die Hand, um ihr aus dem Sessel zu helfen.
In der Küche befand sich ein Mittelding zwischen Tisch und Bar, an dem man auf hohen Hockern sitzen konnte. Marlene und Editas Mann, er hieß Georg, wie sie inzwischen erfahren hatte, lehnten sich aber nur im Stehen gegen den Tischrand. Beide hielten lässig ein Weinglas in der Hand. Georg hatte Marlene erklärt, dass er Anwalt sei und dass es ihm ein Vergnügen bereiten würde, sie gegen Henry Schaaf zu vertreten.
»Der war übrigens mal ganz in Ordnung«, sagte er dann. »Wir sind in alle seine Konzerte gegangen. Heute würde ich ihm am liebsten den Arsch aufreißen.« Er trank sein Glas in einem Zug aus.
»So ändert sich eben alles.« Marlene sagte es nur, um überhaupt etwas zu sagen. Sie sah Georg intensiver an. Er sprach zwar ruhig, ohne die Stimme zu erheben. Doch hinter seiner freundlichen Gelassenheit spürte Marlene ein Vibrieren, eine merkwürdige Unruhe.
Als eine Frau im engen schwarzen Kleid hereinkam, ihren Blick suchend durch die Küche schweifen ließ und erleichtert lächelte, als sie Georg sah, wusste Marlene plötzlich warum. Editas Mann schien die Anwesenheit dieser Frau sofort wahrzunehmen, obwohl er ihr den Rücken zuwandte. Schnell sagte er zu Marlene: »Kommen Sie doch mal in meinem Büro vorbei. Ich freu mich, wenn ich dem Kerl eins reinhauen kann.« Er steckte Marlene seine Karte zu und drehte sich um.
Im gleichen Augenblick kam Edita herein. Sie entdeckte die Frau in dem engen schwarzem Kleid und flatterte auf sie zu. »Ruth, da bist du ja!« Marlene sah zu, wie Edita die

Frau umarmte. Georg war stehen geblieben. Sein Gesicht wurde käsig – nichts sagend vor lauter Aufregung. Nach ein paar Sekunden hatte er sich wieder im Griff. Er trat zu den beiden Frauen und strahlte sie an. Ruth begrüßte er mit den üblichen Wangenküssen. Offenbar machte er einen Witz. Beide Frauen lachten.
Die starke, selbstbewusste Edita war ahnungslos. Zu betrachten, welches Spiel die beiden ihr vorspielten, machte Marlene wütend. Sie konnte nicht wegsehen. Anscheinend hatte sie die drei dermaßen angestarrt, dass Edita jetzt auf sie aufmerksam wurde. »He«, rief sie, »Marlene. Komm, ich möchte dir Ruth vorstellen.«
Lasst mich in Ruhe, dachte Marlene, und laut sagte sie: »Sei mir nicht böse, Edita, ich ...« Sie verschluckte den Rest, als sie Editas maßlos enttäuschtes Gesicht sah.
Die Hausherrin wendete sich von ihrer Rivalin ab und kam zu Marlene herüber, während Georg mit Ruth die Küche verließ. »Du darfst jetzt nicht gehen, Marlene. Ich hab nämlich deinetwegen extra ...« Sie hakte sich bei Marlene ein und zog sie zu zwei Sesseln. »Setz dich, setz dich.« Sie drückte Marlene in einen der Sessel und setzte sich selbst auf die Armlehne.
Marlene sah Ben Morat hereinkommen und sagte: »O Gott. Das muss jetzt nicht auch noch sein. Ich gehe!« Sie erhob sich rasch aus dem Sessel.
Edita hielt ihre Hand fest. »Du gehst jetzt nicht. Das kommt überhaupt nicht in Frage.«

Wer bin ich, und was treibe ich hier? Irgendwer hatte das Licht heruntergedreht. Der Raum lag im Halbdunkel, es brannten ein paar Kerzen. Irgendjemand hatte auch die

Musik laut gestellt. Sehr laut. Die Musik hämmerte, Marlene tanzte, und allmählich verschwand die Dringlichkeit, sich die Frage zu stellen: Was tust du hier, was treibst du hier? Warum sollte sie sich eigentlich ständig vor sich selber rechtfertigen. Die Musik hatte Schwung, Marlene fühlte sich leicht. Sie tanzte mit Ben Morat. Sie tanzten schon lange inmitten der anderen, Edita beobachtete sie. Marlene war es egal.
Marlene und Ben Morat waren am Ende die Letzten, die sich verabschiedeten. Draußen war es immer noch warm. Sie standen vor Editas Haus. Direkt unter einer gusseisernen alten Laterne. Die Straße lag ruhig, nirgendwo brannte mehr Licht.
»Sehen wir uns morgen?« Ben Morat stützte sich an der Straßenlaterne ab. »Das wäre schön.«
»Ich weiß nicht. Vielleicht ...«

Marlene lief durch den dunklen Garten. Hinter dem obersten Fenster des Nachbarhauses brannte Licht. Sie war jetzt müde. Ben würde morgen anrufen. Sie wusste nicht genau, ob sie sich darauf freute. Vielleicht ja. Jetzt konnte sie sich nichts mehr vorstellen. Sie setzte sich ins Gras. Sie sah hoch ins Dunkel der Bäume. Das Licht im Nebenhaus ging aus. Marlene streckte sich im Gras aus, verschränkte die Arme unter dem Kopf. Eine Weile lag sie so da, starrte in den Sternenhimmel. Kein Laut war zu hören, kein Windhauch fuhr durch die Blätter. Marlene schloss die Augen.
Eines der Fenster im Nebenhaus wurde mit lautem Knall geschlossen. Erschrocken sprang Marlene auf. Lief über die Terrasse hinein ins Wohnzimmer. Sie versperrte die Terrassentür. Zweimal drehte sie den Schlüssel im Schloss herum.

Dann setzte sie sich in einen Sessel. Lehnte sich zurück. Erst allmählich nahm sie die Gegenstände im Zimmer wahr. Bald begann der neue Tag. Sie spürte plötzlich Zuversicht.

29

Marlene wachte aus unruhigem Schlaf auf. Alles war still. Wie lange hatte sie geschlafen? Sicher nicht mehr als eine halbe Stunde. Von seltsamer Unruhe gepackt, zog sie ihren Bademantel an, ging hinaus in den Flur, bis zur Treppe, lauschte. Nichts war ungewöhnlich, und doch hatte sie eine ungeheure Unruhe gepackt. Sie kannte das von sich. So kündigten sich Gefahren an. Langsam stieg sie die Treppe hinunter. Im Erdgeschoss war alles ruhig. Marlene ging weiter – hinab zum Keller.

Als sie die letzte Stufe hinter sich hatte, knipste sie das Licht an. Unter der Tür zu ihrem Unterrichtsraum quoll Wasser hervor. Entsetzt riss sie die Tür auf. Ein Schwall schwappte gegen ihre Füße. Das Studio stand knöcheltief unter Wasser.

»O nein!« Marlene raste die Treppe hinauf, kopflos rannte sie in den Garten, hinaus auf die Straße.

Henry Schaaf stand am Fenster. Er sah die Frau im weißen Nachthemd und hörte ihr hysterisches Lachen. Endlich fing sie sich wieder und rannte ins Haus zurück.

Marlene wählte die 112. Plötzlich war ihre Stimme ruhig. »Kommen Sie bitte in die Reginastraße 12 zu Hagedorn. Mein Keller steht unter Wasser.«

An der Treppe oben erschien Miriam. »Ist was passiert?«

»Nicht der Rede wert«, sagte Marlene verzweifelt und kämpfte gegen das erneut aufsteigende Lachen.
Zwei Stunden später stand Marlene an ihrem Gartentor. Sie hatte einen Morgenmantel übergeworfen, ihre nackten Füße steckten in Pantöffelchen mit halbhohen Absätzen. Mit den gespreizten Fingern versuchte sie immer wieder, ihre Haare zu bändigen. Ihr gegenüber stand ein Offizier der Feuerwehr.
»Das Parkett ist natürlich hin«, sagte er, »aber Sie werden ja wohl versichert sein.«
Marlene nickte nur.
»Die Frage ist, ob die Versicherung zahlt. Da hat nämlich jemand rumgefummelt.«
»Wie bitte?
»Irgendwer hat das Überlaufventil geöffnet. Können Sie sich denken, wer das war?«
»Aber das kann doch nicht ...« Marlene lachte.
Der Feuerwehrmann sah sie verständnislos an. »Okay. Sie können Anzeige gegen unbekannt erstatten. Aber anscheinend finden Sie's ja eher komisch.« Damit wendete er sich ab.
Marlenes Blick ging zum Nachbarhaus hinüber. Täuschte sie sich, oder hatte sich da grade der Vorhang bewegt?

Frank war schon sehr früh am Morgen gekommen. Er trug nur eine Latzhose auf dem nackten Körper. Aber er war schweißüberströmt. Schon seit einer Stunde arbeitete er daran, das aufgequollene Parkett herauszureißen.
Marlene kam herein. »Hör auf damit!«
Frank richtete sich ächzend auf und stützte mit der flachen rechten Hand sein Kreuz ab. »Warum das denn?«

Marlene schrie plötzlich: »Weil ich es sage, darum!«
Frank schaut total verdattert. »Was ist denn los?« Er deutete auf den ramponierten Boden. »Das muss doch wieder gerichtet werden.«
Marlene sagte übergangslos: »Und jetzt will Nadja auch noch die Schule schmeißen und eine Kfz-Lehre machen.«
Dann verlor sie vollends die Fassung. Sie riss die von Frank akkurat an der Wand aufgestapelten Parkettlatten mit beiden Händen zu Boden. Dabei schrie sie: »Sind denn alle verrückt geworden?«
Frank rannte zu ihr hin. Nahm sie in die Arme und hielt sie fest. Ein paar Augenblicke lang fiel kein Wort. Frank hielt Marlene immer weiter beruhigend umarmt.
Dann weinte sie hemmungslos.
Später, als die beiden in der Küche saßen und einen Obstschnaps tranken, sagte Marlene: »Mir reicht's. Ich ziehe aus. Ich schmeiße alles hin!«

30

Ein endlos langer Sonntag räkelte sich im Zimmer, überall im Haus und gähnte Marlene an. Auch draußen auf den Straßen schien alles zum Stillstand gekommen zu sein.
Frank war mit Nadja und Cilli vorbeigekommen, sie hatten Miriam zu einem Ausflug abgeholt. Damit Marlene endlich mal ein wenig Zeit und etwas Ruhe für sich fände.
Marlene wusste nicht, ob das alles so gut gemeint war. Was nun, wenn Frank die Gelegenheit nur nutzte, um die Kinder wieder enger an sich zu binden? Zwar hatte Nadja angedeutet, dass sie und Miriam wieder zurückkommen

wollten. Sie hatte das Gefühl, ihre Mutter im Stich zu lassen, grade jetzt, wo sie solche Schwierigkeiten hatte. Der Unterricht musste erst einmal abgesagt werden. Das Geld für die Stunden würde ausbleiben. Marlene hatte keine Ahnung, wie sie mit diesem Problem fertig werden sollte.
»Tu einfach mal was für dich«, hatte Frank gemeint. »Du kannst das jetzt brauchen. Was wir gegen Schaaf unternehmen, überlegen wir später.« Für ihn bestand kein Zweifel, dass der Nachbar für den Wasserschaden verantwortlich war.
Marlene saß da und versuchte, mit der verordneten freien Zeit fertig zu werden. Sie würde sich erst morgen um alles kümmern können. Im Moment klärte sich nichts in ihrem Kopf. Nebenan begann die Musik. Sie hörte das tiefe Brummen der Bässe. Laute Musik aus dem Nebenhaus war längst zum Bestandteil ihres Alltags geworden. Die Wand zwischen ihrem und dem Nachbarhaus vibrierte. Wie immer.
Das Telefon schwieg beharrlich. Und die Decke schien sich immer weiter auf sie herabzusenken.
Marlene duschte so rasch, als hätte sie einen Termin. Sie zog sich um, schminkte sich, alles in höchster Eile. Sie konnte nicht schnell genug aus dem Haus kommen.
Sie ließ ihr Garagentor zuknallen. Stieg in ihren Wagen. Wohin wollte sie eigentlich?

Sie fuhr schnell. Die Sonne brannte aufs Autodach, der Sonntagmittagsverkehr war spärlich, Marlene fuhr, und allmählich, so kam es ihr vor, kehrte sie in die Wirklichkeit zurück. Sie war ziellos unterwegs. Wie damals. Sie hatte sich manchmal nachts in Jossis Auto gesetzt, während er

friedlich schlief. Er hatte ihre Abwesenheit überhaupt nicht bemerkt. Sie war die Autobahn entlanggebraust. Eine Stunde hatte ausgereicht, dann war sie zurückgefahren, langsam, beruhigt. Er hatte nie von ihren nächtlichen Ausflügen erfahren.
Jetzt fuhr sie auf der Autobahn Richtung Salzburg. Sie registrierte es erst bei der Abzweigung Richtung Kufstein und Brenner. Warum nicht Salzburg? Sie legte eine Kassette ein. Gitarrenmusik von Narciso Yepes erklang: »Jeux interdits.« Marlene drückte aufs Gas. Sie wechselte auf die linke Spur, fuhr mit überhöhter Geschwindigkeit. Es war nicht voll auf den Straßen. Langsam fühlte sie sich besser.
In Salzburg regnete es. Ihr fiel das Lied aus dem »Weißen Rössl« ein: ›Wenn es hier mal richtig regnet, dann regnet es sich ein, die Gegend ist gesegnet mit Regen allgemein. Wenn die ersten Tropfen fallen, fall'n die andren Tropfen auch‹ … »auf den Kopf und auf den Bauch«, sang sie abschließend laut. Sehr feiner, sachter Regen war das, unaufhörlich, es regnet ja immer in Salzburg, dachte Marlene, als sie den Wagen parkte.
In den Straßen drängten sich die Touristen, gingen dicht beieinander, wie um den Entgegenkommenden eine Art von Stoßkraft zu zeigen. Eine auf und ab wogende, sich langsam voranbewegende Menge.
Marlene flüchtete in den Dom. Es war nicht anders dort, Blitzlichter flammten auf, überall Menschen, vor den Seitenaltären und im Gang zwischen den Sitzreihen. Sie ging durchs schwere Portal rasch wieder hinaus.
Und dann hörte es plötzlich auf zu regnen. Die Sonne brach durch. Die Straßen und Wege dampften. Im Mirabelle-Park wischte Marlene einen Platz auf einer der Bänke mit Pa-

piertaschentüchern trocken und setzte sich. Sie schaute auf die wogenden Blumenfelder. Ihre Gedanken gingen zu Ben Morat. Sie sah ihn vor sich, mit seinen Seidenhemden, seinen teuren Anzügen, der leicht gebogenen Nase, der hohen Stirn und den dunklen Haaren, durch die sich erste graue Strähnen zogen. Sie fand, dass er etwas zu viel Wert auf sein Äußeres legte. Aber es war so angenehm gewesen, mit ihm zu tanzen, seine Hand in ihrer Taille zu spüren. Er roch angenehm. Ben Morat und sie waren ungefähr gleich groß. Ihre Körper hatten dicht aneinander gelegen, als sie miteinander tanzten. Noch in der Erinnerung war das ein sehr schönes Gefühl. Plötzlich ertappte sich Marlene dabei, dass sie darüber nachdachte, ob er wohl ihr Liebhaber werden würde.

Später hatte sich Marlene durch den Wochenendverkehr nach München zurückgequält. Es war noch hell, als sie zu Hause ankam, und sie freute sich auf die Kinder. Auch auf Frank. Aber da war niemand. Auf dem Anrufbeantworter hörte sie zweimal Franks Stimme. Beim ersten Anruf teilte er mit, dass die Mädchen bei ihm übernachten wollten, beim zweiten fragte er sich umständlich, wo sie sein könnte. »Was machst du, wo bist du?«, hörte sie seine langsame, besorgte Stimme. »Ruf mich sofort an, wenn du wieder da bist.«

Einen Augenblick stand sie da und starrte auf das Telefon. Sie hatte auch noch den Abend für sich. Könnte in Ruhe überlegen, wie es weitergehen sollte. Sie könnte auch einfach die Beine hochlegen, ein Glas Wein trinken, im Fernsehen den Tatort anschauen. Sie beschloss, Frank später anzurufen, machte auf dem Absatz kehrt und verließ das Haus wieder.

31

Seine rechte Hand, die eine Gabel hielt, blieb in der Luft hängen. Ohne dass er es gewollt hätte. Die Hand stockte mitten in der Bewegung, und Henry sah regungslos zum Tresen hin.

Er saß seit kurzem in seinem Lokal, an dem Tisch, den er bevorzugte, wenn er am Abend noch eine Kleinigkeit essen wollte.

›Das darf nicht wahr sein‹, dachte er, und dann flüsterte er den Satz nochmal vor sich hin. Sie hatte das Lokal betreten und war sogleich auf den Tresen zugegangen. Sie schaute weder in den linken noch in den rechten Teil des Raums. Jetzt stand seine Nachbarin am Tresen, lehnte einen Arm darauf und bestellte ein Bier.

Nie zuvor hatte er irgendjemanden, den er kannte, in diesem Lokal getroffen, er wähnte sich absolut sicher. Das war das Angenehme an diesem kleinen Restaurant, dass er nicht befürchten musste, mit irgendjemandem reden zu müssen.

Der Appetit war ihm vergangen. Er legte sein Besteck beiseite. Aber er brachte es nicht fertig, den Blick von ihr abzuwenden. Ihn ärgerte, wie lässig und locker sie an der Bar stand, das Bier entgegennahm und zum Mund führte. Sie trug wieder eines dieser langen, engen, fließenden Kleider, die den Körper mehr zur Geltung brachten als verhüllten.

»Ich will diese Frau nicht sehen«, wiederholte er leise und unablässig.

Er zwang sich, einen Punkt auf der Tischdecke zu fixieren, und trank sein Weinglas viel zu schnell leer. Die Theke war weit genug entfernt, es bestand kaum Gefahr, dass sie ihn von dort aus entdecken würde. Er beruhigte sich. Dann versuchte er, mit dem Essen fortzufahren, gemächlich, ohne Eile.

Marlene nahm einen Schluck aus ihrem Glas, drehte sich um und stützte ihre Ellbogen auf den Tresen. Als sie ihren Nachbarn entdeckte, meinte sie zu spüren, wie ihr das Blut stockte. Sie sah schnell wieder weg. Ihr erster Impuls war: zahlen und verschwinden. Aber warum? Sie hatte genauso ein Recht, hier zu sein, wie er. Trotzig bestellte sie sich ein zweites Bier.

Marlene sah auf die Uhr über dem Tresen, es war kurz nach neun. Jetzt wäre es schön gewesen, jemanden neben sich zu haben. Reden zu können. Irgendetwas. Es war noch nicht zu spät, Edita anzurufen und sie zu fragen. Sie verwarf den Gedanken wieder und war entschlossen, noch ein nächstes Bier zu bestellen. Oder einen Wein. Auf jeden Fall in aller Ruhe am Tresen stehen zu bleiben.

Sie schob unmerklich eine Hand auf ihr klopfendes Herz und konnte es durch den Stoff ihres Kleides spüren. Sie fühlte sich ausgeliefert. Er musste sie ja bemerkt haben. Schließlich stand sie direkt in seinem Blickfeld. Sie könnte sich woanders hinsetzen. Aber warum sollte sie? Sie nahm einen Bierdeckel und klopfte nervös mit ihm herum. Der Mann hinter dem Tresen sah auf und zu ihr her. Er war jung und blond, sein Gesicht war offen und neugierig und liebenswert. Marlene lächelte ihm freundlich zu. Er lächelte zurück.

Das Lokal füllte sich. Hin und wieder schob sich ein Pulk von jungen Leuten zwischen Henrys Tisch und Marlenes Platz am Tresen. Marlene studierte eingehend die Etiketten der Flaschen auf dem Glasregal und trank ihr drittes Bier. Nach einer Weile beugte sie sich über den Tresen, dem netten Blonden zu.

»Entschuldigen Sie, dieser Mann, der alleine in der zweiten Tischreihe sitzt, äh, sehen Sie ihn?«

Der junge Mann hinterm Tresen nickte.

»Was macht er jetzt grade?«

Der Barmann grinste. »Er liest Zeitung. Aber ab und zu sieht er auch direkt zu Ihnen her.«

Marlene wurde ein klein wenig rot. Dann holte sie ganz tief Luft, drückte das Kreuz durch und ruckte ein wenig in den Schultern. Sie drehte sich um und ging entschlossen geradewegs auf Henry Schaafs Tisch zu. Sie blieb stehen, bis er die Zeitung zusammenfaltete und auf den freien Stuhl neben sich legte.

Marlene sah in sein ungläubiges Gesicht. Sie hatte sich vorgenommen, nicht lange zu fackeln.

Sie fauchte: »Sagen Sie mir, warum.«

»Was?«

»Sie wissen genau, was ich meine.«

Er lehnte sich in seinem Stuhl zurück und sah sie aus seinen graublauen Augen unsicher an.

»Ich versteh gar nichts.«

Marlene sagte: »Sie waren es.«

Sie trat einen Schritt näher.

»Sie haben das Ventil im Keller geöffnet. Und Sie glauben anscheinend, dass Sie mich auf diese Art verjagen können. Sie sind lächerlich. Ein Popanz sind Sie.«

Ihr Nachbar zog den Kopf zwischen die Schultern. Als befürchte er einen Schlag.

Marlene wandte sich ab. Mehr hatte sie nicht sagen wollen.

Sie ging den Weg zurück zum Tresen. Sie lächelte dem Jungen noch einmal freundlich zu, zahlte und ging hinaus in die Nacht.

32

Am Vormittag des nächsten Tages rief Ben Morat an. Während sie telefonierten, musste sie sich setzen. Plötzlich waren ihre Knie weich geworden. Kurze Zeit später schüttelte Marlene den Kopf über sich selbst. Kein Zweifel, sie freute sich. Sie freute sich auf den Abend mit ihm. Ein Anruf, und die Welt war in Ordnung?

Unsinn. Natürlich war die Welt in größter Unordnung. Der Parkettleger war schon ganz früh da gewesen und hatte gesagt, selbst bei größter Anstrengung könne der Boden nicht vor Anfang nächsten Monats fertig sein.

Sie vermisste die Mädchen und wünschte sich nichts sehnlicher, als dass sie nach der Schule alle drei wieder nach Hause kämen. Gleichzeitig genoss sie es, alleine im Haus zu sein, und machte sich Vorwürfe, dass sie es genoss. Sie schaute in einen Spiegel, fuhr mit den Kuppen ihrer Zeigefinger unter den Augen entlang, zog kleine Fältchen glatt, ließ wieder los und fand sich mit den Fältchen schöner.

Am Abend, beim Essen mit Ben, hörte Marlene sich charmant plaudern, hörte sich kichern und lachen, merkte, wie ihre Augen blitzten. Als säße sie neben sich und schaute sich zu. Aber ohne sich komisch zu fühlen. Es machte Spaß, sich selber zuzuschauen. Und es machte Spaß, Ben zuzuschauen. Sie verfolgte an ihm die Wirkung ihres Charmes.

Es war umwerfend. Es lag ewig zurück, dass ihr so etwas passiert war. Marlene sprühte. Und sie genoss es zu sprühen.
Später, als Ben neben ihr im Bett lag, ärgerte sie sich. Drei Uhr morgens. Sie hörte sein ruhiges, gleichmäßiges Atmen, er schlief seit einiger Zeit tief und fest. Marlene lag da, schaute an die Decke ihres Zimmers und wurde den Gedanken an ihren Nachbarn nicht los. Sie stand vorsichtig auf, um Ben nicht zu wecken. Sie ging ins Bad und starrte in den Spiegel, sie war wütend. Es war nicht zu fassen. Marlene fragte sich, wie sie den in ihrem Kopf herumspukenden Nachbarn wieder herausbekommen sollte. Vorhin, auf dem Weg nach Haus, hatten sie beide ausgemacht: Kein Wort über den Wahnsinnigen. »Nicht von mir und nicht von dir«, das hatte Ben gesagt.
Jetzt stand sie da, mitten in der Nacht, und konnte wegen des Nachbarn nicht schlafen.

Anderntags riefen die Mädchen an. Sie hatten beschlossen, in die Reginastraße zurückzukehren und wieder bei ihrer Mutter einzuziehen. Es klang wie ein Gnadenakt.
Am Nachmittag hatte sich Marlene hingelegt. Ihr Schlafdefizit wurde immer größer. Sie war sofort eingeschlafen.
Zwei riesengroße Schaufenster gehörten zu dem Laden. So viel Platz für alle Arten von Scheren und Messern. Messer jeder Größe, jeder Schärfe, Taschenmesser, Fahrtenmesser, Fleischermesser. Marlene konzentrierte sich auf die Betrachtung der Fleischermesser. Die Nase dicht an der Glasscheibe, starrte sie auf grauenhaft große, fürchterlich scharf aussehende Fleischermesser. Sie ging in den Laden.
Sie hielt eine Plastiktüte in der Hand, als sie wieder her-

auskam. Darin befand sich ein Pappkarton und darin eines der grauenhaft großen, fürchterlich scharfen Fleischermesser.
Danach lief Marlene zielstrebig durch lange, stille Straßen, sehr lange, kam es ihr vor. Um sie herum war alles totenstill. Lautes Klingeln durchbrach plötzlich diese Stille. Marlene fuhr von der Couch hoch, griff verschlafen nach dem Telefonhörer und meldete sich benommen. Bens fröhliche Stimme tat ihr gut. Was immer davor an Bildern durch ihren Kopf gegeistert war, es war weg. »Ich wollte nur hören, wie es dir geht«, sagte er.
»Na wunderbar. Ich bin so groß und stark wie in meinen besten Tagen!«
Er lachte. »Deine besten Tage stehen dir erst noch bevor, Marlene!«
Als er aufgelegt hatte, fiel ihr Blick auf den Brief, der auf dem schmalen Couchtischchen lag. Als er gekommen war, hatte sie gedacht: Aha, die erwartete Erlaubnis für ihren Unterricht. Als sie ihn geöffnet hatte, wurde sie eines Besseren belehrt. Das Betreiben eines gewerblichen Raumes zum Zwecke des Tanzunterrichts im Wohnhaus Reginastraße 13 wurde ihr untersagt.

Zwei Dinge schossen Marlene durch den Kopf: Warum war sie in ein Haus mit der Nummer 13 gezogen. Es gab eine Menge guter und weniger guter Freundinnen und Freunde, die ihr davon abgeraten hatten. Und: War es nicht Ben Morat gewesen, der als erster das Gewerbeaufsichtsamt ins Gespräch gebracht hatte?
Sie ging zum Telefon. Ben meldete sich schon nach dem ersten Klingeln. »Gratuliere!«, sagte Marlene.

»Bitte?«
»Du hast es geschafft. Das Gewerbeaufsichtsamt verbietet mir, hier in meinem Haus eine Tanzschule aufzumachen.«
»Was?«
»Du hast es mir ja angedroht ...«
»Marlene, bitte, sei so gut. Ich habe doch nicht ... Meinst du, Henry hat ...? Das kläre ich sofort. Bitte unternimm einstweilen nichts, ja?!«

33

Zwanzig Minuten später fuhr er vor Henry Schaafs Haus vor. Ben bremste so heftig, dass der Wagen noch ein Stück auf blockierenden Reifen weiterrutschte und ein gemeines quietschendes Geräusch von sich gab. Marlene sah, wie Ben aus dem Auto sprang und auf das Haus zurannte.
Henry saß am Flügel und wiederholte immer wieder die gleiche Melodie. Es war jene Tonfolge, die Cilli neulich in der Mondnacht zugeflogen war. Henry zog einen Liedtext zu sich heran. Er wollte versuchen, ihn der Melodie anzupassen. Der Songtexter würde da garantiert mit sich reden lassen. Die ersten drei, vier Zeilen passten sogar. Leise sang er sie und schlug dazu nur die Harmonien an. Da klingelte es Sturm. Henry schlug wütend den Klavierdeckel zu und ging zur Tür. Er riss sie auf und brüllte: »Kann man denn nicht einmal in Ruhe arbeiten.«
Ben stand vor ihm. »Das wünschen sich andere auch, aber denen wird es durch miese intrigante Egomanen gleich von Anfang an unmöglich gemacht.«
»Ach, lässt du dich auch mal wieder sehen. Für einen

Agenten bist du von einer geradezu kriminellen Interesselosigkeit!«
»Hast du ihr das Gewerbeaufsichtsamt auf den Hals gehetzt?«
»Redest du von dieser Nervensäge nebenan?«
»Ich rede von Marlene Hagedorn. Und ich frage dich nochmal …«
Henry fuhr dazwischen: »Ich frage dich! Hast du etwa die Seiten gewechselt? Verrätst du mich an dieses rothaarige Ungeheuer?«
»Ich will es wissen.«
»Ja, ja, ja! Du hast das ja nicht gemacht, obwohl du es versprochen hast. Also habe ich das Gewerbeaufsichtsamt darauf aufmerksam gemacht, dass das Gebäude Reginastrasse 13 ein reines Wohngebäude ist und dass eine Umwidmung in Gewerberäume nicht in Frage kommt. Und ich habe denen auch gleich angedroht, dass die Nachbarn massiv gegen eine eventuelle Genehmigung vorgehen werden.«
Ben schüttelte den Kopf. »Du ruinierst kalt lächelnd die Existenz dieser Frau! Zuerst schickst du ihr das Jugendamt auf den Hals, dann das Gewerbeaufsichtsamt. Was kommt denn als Nächstes? Die Seuchenpolizei?«
Henrys Augen wurden schmal. »Sag mal, bist du jetzt eigentlich ihr Agent oder meiner?«
»Ich bin nicht ihr Agent. Aber deiner bin ich ab sofort auch nicht mehr. Ich will mit deinen Machenschaften nichts mehr zu tun haben. Mach deinen Dreck alleine!« Ben machte auf dem Absatz kehrt und rannte die Treppe hinunter.
»Na schön«, schrie ihm Henry hinterher, »dann muss *ich*

dir nicht kündigen. Das hätte ich nämlich heute noch gemacht!« Er warf die Tür zu und kehrte niedergeschlagen in sein Arbeitszimmer zurück.

34

Ein Satz ihres Vaters fiel ihr ein: »Am wirkungsvollsten ist es, lächelnd die Wahrheit zu sagen.« Marlene schritt in die Diele, zum Telefon, sie lief nicht, sie schritt, als läge dieser berühmte rote Teppich unter ihren Füßen. Sie hatte ein erhabenes Gefühl, und gleichzeitig war sie eiskalt. Im Telefonbuch suchte sie nach seiner Nummer. Dann rief sie an.
Seine Stimme klang seltsam abwesend und fremd. »Ja, Schaaf hier.«
»Hagedorn – Ihre Nachbarin!«
Seine Stimme brach aus dem Telefon über sie herein. Marlene hielt den Hörer von sich. Sie sah durch ein Fenster des Wohnzimmers in den Garten hinaus, weiter lächelnd, während ein Schwall von Sätzen in wüstem Stakkato aus dem Hörer drang.
Unter keinen Umständen würde sie sich abweisen lassen. Marlene hielt den Hörer fest umklammert, als sie laut und entschieden ins Telefon sprach: »Herr Schaaf, wir sollten über all das reden. Was halten Sie davon? Bei einem Essen vielleicht. Bei mir …« Marlene drehte eine Haarsträhne um ihren Finger. Sie holte ein wenig Luft. Redete weiter. »Heute Abend.«
Marlene schwieg, lauschte. Am anderen Ende der Leitung blieb es einen Moment lang still. Dann hörte sie ihn sagen: »Bitte?«

»Ich meine es ernst. Also, was sagen Sie dazu?«
»Was soll ich dazu sagen, ich habe keine Zeit.« Die Stimme des Nachbarn klang barsch.
Marlene hatte Mühe, freundlich zu bleiben, sich zu überwinden und weiterzusprechen. »Ich würde mich freuen. Ich erwarte Sie um acht.«
Sie legte einfach auf. Jetzt gab es kein Zurück mehr. Sollte er nicht kommen, würde ihr etwas anderes einfallen. Dessen war sie ganz sicher. Sie ging in die Küche und trank ein Glas Leitungswasser.
Sie musste es den Mädchen beibringen. Die schauten ihre Mutter fassungslos an. »Wenn ich das gewusst hätte, wäre ich bei Papa geblieben«, sagte Nadja.
»Du kannst jederzeit wieder zu ihm. Der letzte Bus fährt um halb neun.« Marlene war nicht mehr bereit, sich unter Druck setzen zu lassen – egal von wem.
Kurz nach halb acht schenkte sich Marlene den zweiten Drink ein und betrachtete den Tisch im Wohnzimmer. Zwei Gedecke, zwei Kerzenleuchter, Blumen. In Rekordzeit hatte sie heute alles geschafft. Das Einkaufen, Saubermachen, Gemüseputzen, das ganze Getue, wie die Mädchen es nannten.
Marlene fühlte sich perfekt. Dumm wäre nur, wenn er nicht käme.

35

Als es geklingelt hatte, ging Marlene langsam zur Haustür und setzte ein Lächeln auf. Er stand stocksteif auf dem Fußabstreifer, in der rechten Hand einen kleinen adretten

Blumenstrauß. »Ich bin da, damit wir einige Dinge klären. Deshalb bin ich gekommen.« Er trug einen hellen Anzug und Turnschuhe und hielt Marlene linkisch die Blumen hin.
»Natürlich«, sagte Marlene.
Sie ging in die Küche. Aus den Augenwinkeln verfolgte sie seinen Blick, der verlegen ins Zimmer huschte. Er staunte und grimassierte.
»Setzen Sie sich doch. Ich komme gleich«, rief Marlene. Schaaf ging ins Wohnzimmer. Er läuft wie ein Automat, dachte sie, griff sich die Platte mit dem Fleisch und trug sie ins Zimmer.
»Tja«, sagte ihr Nachbar, zuckte die Schultern und setzte sich. Er sah Marlene kurz an. »Ich hoffe, dass was geklärt wird.«
»Ich auch. Deshalb sind Sie ja hier.«
»Allerdings.«
Marlene füllte die Teller und lächelte dabei.
»Es riecht nach Pfefferminzsoße«, sagte er.
»Ist es auch.«
»Wirklich?«
»Ja, ist es.«
Er sah auf seinen Teller. »Ich mag Pfefferminzsoße. Sehr gern sogar.«
»Wirklich?«
»Das hat mit meiner Kindheit zu tun.«
»Erzählen Sie's mir?«
»Na ja, mein Vater war Pianist. Vor jedem Konzert war er furchtbar nervös. Dann hat meine Mutter diese Pfefferminzsoße gemacht, und die Stimmung wurde besser.«
»Stimmt das wirklich?«

»Wenn ich's Ihnen doch sage.« Er lachte ein wenig.
Dann schwiegen sie eine Weile.
Er sah auf seinen Teller und sagte: »Vor jedem seiner Auftritte hat mein Vater uns terrorisiert, mich, vor allem aber meine Mutter. Und er hatte viele Auftritte. Man kann sich das nicht so vorstellen. Man glaubt, sie seien alle daran gewöhnt. Dabei drehen so viele vorher fast durch.« Dann fügte er noch hinzu: »Dieses Essen ist ausgezeichnet!«
Marlene sagte, das freue sie, und dachte: Jetzt freue ich mich auch noch, dass dieser Hund mein Essen lobt.
Ihr Nachbar fuhr fort: »Ich kann Ihnen sagen, niemand kann das nachempfinden, der es nicht erlebt hat. So ein Ausmaß von hemmungsloser Gereiztheit. Mein Vater war so unerträglich, dass wir …«
Er brach ab und sah Marlene an. Als wären seine letzten Sätze zu viel gewesen.
Marlene sagte: »Unerträglicher als Sie kann Ihr Vater wohl kaum gewesen sein.« Dabei lächelte sie ihrem Nachbarn zu. Der legte wütend sein Besteck nieder. »Sie spielen wohl auf die Gene an, ja? Geschmacklos ist das.«
»Ich habe nichts dergleichen gesagt. Für Ihre Gemeinheiten sind Sie selber verantwortlich.« Marlene fiel plötzlich ein, dass die Vorhänge nicht geschlossen waren und jeder reinsehen konnte. Sie stand auf und zog sie zu. Warum sollte jemand reinsehen wollen, fragte sie sich dann und ärgerte sich. Sie musste zugeben, dass sie nur mal kurz vom Tisch hatte aufstehen wollen.
Ihr Nachbar hatte die Pause auch genutzt. Er sagte: »Na gut. Fangen wir also an.«
Er schien völlig konfus und fummelte an seinem Weinglas und drehte seine Serviette hin und her. »Sie strengen sich

ziemlich an, mir das Arbeiten unmöglich zu machen. Sie und ihre Kinder.«
Marlene lachte. »Das ist wirklich die Höhe«, sagte sie dann in aller Ruhe.
»Seitdem Sie da sind, ist es mit meiner Konzentration vorbei.«
Marlene sah eine kleine Ader auf seiner Stirn heraustreten.
»Das müssen Sie mir erklären.«
»Also, ich bitte Sie!«
»Nein«, sagte Marlene, »ich bitte Sie!«
Er stand unvermittelt auf und ging zum Sofa. Marlene sah verblüfft zu, wie er die herumliegenden Kissen darauf zurechtrückte. Sie starrte auf seinen Rücken. Plötzlich hielt er inne und drehte sich ruckartig um.
»Sie regen mich wirklich auf!«, schnaubte er.
Marlene zwang sich, ruhig zu bleiben. »Sie bewohnen einen Teil des Hauses, und wir bewohnen den anderen. Darüber wollte ich mit Ihnen reden. In aller Ruhe. Sie wollten es doch auch.«
»Ja. Aber es geht nicht.«
»Warum nicht?«
Er saß nun auf dem Sofa. Er saß nach vorne geneigt und starrte Marlene an. Die Hände hatte er zwischen die Knie gepresst.
»Es geht halt nicht«, sagte er.
Marlene wurde laut: »Meine Töchter sind Ihretwegen ausgezogen, Sie haben mir das Jugendamt auf den Hals geschickt, Sie haben meinen Unterrichtsraum zerstört, und Sie haben beim Gewerbeaufsichtsamt Einspruch erhoben. Sie lassen mir keine ruhige Minute. Sie sind ein Teufel!«

Er fuhr sich durch die Haare, wandte sich langsam vom Sofa ab und setzte sich Marlene wieder gegenüber.
»Ein Teufel!«, schleuderte Marlene über den Tisch und rupfte gleichzeitig eine Haarsträhne, voller Wut, dass sie ihre Beherrschung verloren hatte.
»Entschuldigen Sie …«, er machte eine hilflose Geste, »aber …« Er ließ den Satz in der Luft hängen. Nach einer ganzen Weile sagte er: »Und Sie sind doch verrückt.«
Marlene spürte das gefährliche Bohren im Magen. Sie schluckte. Sie hielt den Atem an. Sie wollte nicht lachen, nicht jetzt. Aber es drängte sich schon die Kehle hinauf. Sie musste husten vor Anstrengung, das Lachen niederzukämpfen. »Verschwenden Sie doch mal einen Gedanken daran, wie dieser Terror sich auf mich und meine Kinder auswirken muss!«
»Terror?«, seine Stimme klang amüsiert.
Marlene drehte sich um. Zu spät. Das Lachen stürzte aus ihr heraus.
Er kniff die Augen zusammen. »Was ist so komisch?«
Marlene sprang auf, hielt die Hände vor ihren Mund, aber das Lachen ließ sich nicht mehr stoppen. Gleichzeitig spürte sie, wie sich ihre Augen mit Wasser füllten. Gleich würde sie zu heulen anfangen. Wie sie sich hasste in diesem Moment.
Ihr Nachbar sah sie erschrocken an. »He, he«, sagte er.
Marlene lachte und stützte sich auf eine Stuhllehne. Sie lachte so heftig, dass es ihren ganzen Körper schüttelte. Gleichzeitig wischte sie hektisch an den Augen herum. Sie hätte sich ohrfeigen können.
Ihr Nachbar trat auf einmal hinter sie und hielt sie an den Schultern fest.

Marlene hörte auf zu lachen. Sie schüttelte seine Hände ab. Sie warf den Kopf zurück und sagte: »Sie Egomane, Sie widerlicher Egomane.«
»Ja, ja«, sagte er lahm. Er führte sie zum Tisch zurück, setzte sie auf ihren Stuhl. »Ich fange an zu begreifen.«
»Nichts begreifen Sie.«
»Doch, doch. Aber wissen Sie, ich komponiere. Das heißt ich sitze an meinem Flügel und warte auf meine Musik. Manchmal versuche ich, ihr ein Stück entgegenzugehen, indem ich einfach drauf lospräludiere ...«
Henry Schaaf begann unvermittelt über seine Musik zu reden. Marlene hätte sich nicht träumen lassen, dass er so lebendig und gleichzeitig so anschaulich über seine Arbeit sprechen könnte. Plötzlich saß sie ganz entspannt da und sah ihn versonnen an. Er bemerkte es zunächst nicht, weil er noch immer Mühe hatte, ihr in die Augen zu schauen.
Natürlich wusste Marlene einiges über Musik. Schließlich hatte ihr Beruf ja auch damit zu tun. Aber sie sagte nichts. Sie hörte nur zu, und nach und nach breitete sich so etwas wie eine kleine Angst in ihr aus, Henry Schaaf könnte aufhören zu reden, so als fürchte sie, dass dann plötzlich ein Zauber verfliegen könnte.
Und dann sah er sie doch an, und prompt brach er ab. »Entschuldigung«, murmelte er.
»Aber warum? Das interessiert mich doch.«
Henry Schaaf sah sie verwundert an. »Wirklich?«
Marlene lachte. Aber diesmal war es ein freundliches, leichtes, entspanntes Lachen.
Später, sie hatte grade die zweite Flasche Wein geöffnet, sagte Marlene: »Ich kann vor den Kindern doch nicht dauernd heulen.«

»Stimmt«, sagte er. »Ist ja nicht einfach mit drei Kindern.« Er nickte ein paarmal, als müsste er sich selbst bestätigen. »Ich sollte jetzt gehen.« Er stand auf und war nicht mehr ganz sicher auf den Beinen.
In der Diele sagte Marlene: »Schön, dass Sie da waren.«
»Ja. Ich fand's auch schön.« Ihr Nachbar sah ihr direkt in die Augen. ›Ob ihn das nun große Überwindung kostet?‹, dachte Marlene bei sich.
Plötzlich ertönte Nadjas Stimme. »Hat's geklappt?«, fragte sie. »Hast du dem das toxische Zeug ins Essen gemischt?« Das Mädchen stand finster grinsend oben an der Treppe, ganz in Schwarz wie immer, das Gesicht weiß geschminkt und die Augen mit schwarzen Rändern umrahmt. Nadja beugte sich weit übers Geländer. »Komisch, er sieht noch ganz gesund aus.«
»Was hat sie gesagt?«, fragte Henry Schaaf irritiert.
»Nadja, du ...«
»Hat sie gerade von Gift gesprochen?«
»Hab ich«, rief Nadja. »Und das haben Sie jetzt intus. Und sagen Sie bloß nicht, Sie hätten es nicht verdient.«
Der Nachbar blieb stumm. Er sah von Nadja zu Marlene. Dann griff er an seine Kehle und sagte: »Sie Scheusal.« Er riss die Haustür auf und rannte hinaus.
Marlene starrte zu ihrer Tochter hinauf. »Jetzt hast du alles kaputtgemacht!«, sagte sie dumpf.
Kurz darauf hielt ein Krankenwagen vor dem Nebenhaus. Marlene sah ihren Nachbarn einsteigen und den Wagen davonrasen.

36

Sonnenstrahlen fanden einen Spalt durch die Vorhänge an den zwei hohen Fenstern und kräuselten sich über die Platte des kleinen Arbeitstisches und über die Lehne des Stuhls davor. Das Zimmer war hoch, licht und hell, mit einem Fernseher – es war das allerneuste Modell – und einem gerahmten Druck an der Wand. Ein schönes Zimmer.
Henry lag bleich in seinem Bett und sah zu dem Arzt auf, der am Fußende stand. »Wie geht es Ihnen, Herr Schaaf?«, fragte er gerade.
»Danke, es geht so. Sieht ja so aus, als hätt ich's grade nochmal überlebt.«
»Na, Sie sind gut! Es gab nicht die leiseste Spur einer Vergiftung.«
Henry setzte sich ruckartig auf. »Was? Heißt das: Sie haben mir völlig umsonst den Magen ausgepumpt?«
»Na ja, was hätten wir anderes machen sollen? Sie waren fest überzeugt davon, dass Sie eine schwere Vergiftung hätten.«
»Und da unterziehen Sie mich einfach einer solchen Prozedur?«
Der Arzt ließ sich nicht unterbrechen, noch während Henry sprach, fuhr er fort: »Und Sie haben dabei sehr überzeugend gewirkt! Wir haben das manchmal. Ein Patient muss nicht krank sein, es reicht, dass er davon überzeugt ist, krank zu sein! Eingebildete Kranke eben!«
»Das heißt, ich kann aufstehen?«
»Das heißt, Sie hätten sich gar nicht erst hinlegen müssen. Zu Hause würde ich Ihnen allerdings zwei Tage Ruhe empfehlen, schließlich ist der Magen nach unseren raschen Hilfsmaßnahmen doch ziemlich angegriffen …«

Jemand klopfte an die Tür. »Ja«, rief der Arzt.
Marlene kam zögernd herein, sie hatte einen Strauß Blumen in der Hand. »Störe ich, äh, guten Tag.« Sie wirkte einigermaßen verlegen.
»Nee«, sagte der Arzt. »Und Sie können ihn dann gleich mitnehmen, gnädige Frau.«
Marlene starrte ihn mit großen Augen an. »Ich?? – Ihn???«
Aber das hatte der Doktor schon nicht mehr gehört. Marlene und Henry waren alleine. Einen Augenblick Schweigen. Henry sah stur aus dem Fenster.
Marlene räusperte sich. »Herr Schaaf ... es tut mir so Leid, ich meine ...«
Keine Reaktion von Henry.
»Ich meine, das war kein so guter Scherz von Nadja. Ich entschuldige mich dafür in aller Form. – Hören Sie mir zu?« Sie stand noch immer auf halbem Weg zwischen Tür und Bett mitten in Henry Schaafs Krankenzimmer und wunderte sich, dass sie keinen ihrer Lachanfälle bekam.
Henry blieb weiter stumm.
»Gibt's hier vielleicht irgendwo eine Vase?«, fragte Marlene.
Henry drehte langsam den Kopf. »Da in dem Schrank.« Und als Marlene die Blumen versorgte, sagte er bissig: »Die sind sicher aus meinem Garten!«
»Natürlich, was haben Sie denn gedacht?«
Schweigen. Marlene schaute auf Henry hinab, der wirklich einen bedauernswerten Eindruck machte. »Eigentlich könnten wir doch sagen: Jetzt sind wir quitt.«
Er schaute aus dem Fenster und sagte: »So einfach machen Sie sich das? – Aber eigentlich sollte ich mich nicht darüber wundern ... Das passt alles irgendwie zusammen.«

Marlene brachte nur mit Mühe heraus: »Ach, so sehen Sie das! Und Sie selbst haben gar nichts falsch gemacht, ja?!«
Henry nickte. »Ja, so sehe ich das!«
»Ja, dann tut's mir Leid!«, stieß Marlene hervor, knallte die Vase auf den Tisch und rannte aus dem Krankenzimmer.
Nach einer ganzen Weile sagte Henry Schaaf: »Ja, mir auch. Verdammt nochmal, was bin ich bloß für ein Idiot!«
Den gleichen Satz sagte er dann noch einmal, als er am Abend zu Hause ankam. Statt sich gleich an den Flügel zu setzen und zu arbeiten, trat er ans Fenster und schaute in Marlenes Garten hinüber. Das Haus lag still da. Nichts bewegte sich. Es gab auch keine Geräusche, die ihn von der Arbeit hätten abhalten können. Henry ging zum Telefon. Er hob ab, legte wieder auf, hob erneut ab, wählte, legte wieder auf, hob ab, wählte noch einmal und zwang sich dazu, nicht wieder aufzulegen.
»Hagedorn!«
»Henry Schaaf. Frau Hagedorn ... äh, ich wollte mich entschuldigen, ich meine, in der Klinik, das war eher ein Missverständnis, ich ... Kurz und gut, ich dachte, vielleicht gehen wir zusammen essen, äh, wenn Sie Zeit haben.«
Marlene sah zum Wohnzimmer hinüber. Dort saßen Ben und ihre drei Kinder um den Tisch und ließen sich ihre Spaghetti schmecken. »Oh, das tut mir Leid, ich habe Besuch.«
Henry war enttäuscht. Aber er sagte forsch: »Macht nichts, kein Problem, ich muss sowieso arbeiten. Vielleicht ist es ja besser so.« Er legte auf.
Als Marlene wieder ins Zimmer trat, sagte Ben gerade zu Nadja: »Ohne Abschlusszeugnis kannst du nur Klinken putzen. Ich würde mir das nochmal überlegen.«
Nadja sagte trotzig: »Aber mir ist das alles zu stressig. Die

Prüfungen und so. Das braucht man doch alles später gar nicht.«
Marlene wunderte sich, dass sich ihre Älteste überhaupt auf die Diskussion mit Ben Morat einließ. Der sagte jetzt: »Später wird's noch stressiger. Im besten Fall darfst du dir für andere die Hacken ablaufen. Na ja, wenn's dir Spaß macht.«
Nadja starrte Ben an. »Was soll mir denn daran Spaß machen?«
»Keine Ahnung. Du wirst es schon wissen.«
Es wurde ganz still am Tisch, und alle schauten Nadja an. Sie überlegte angestrengt. Dann sagte sie: »Zehn Jahre Schule reichen mir eigentlich. Aber ohne so einen Abschlusswisch … ich weiß auch nicht …« Sie sah Marlene an. »Würdest du dich freuen, Mama, wenn ich weitermache?«
Marlene konnte es nicht glauben. Was war bloß mit der biestigen Nadja los. »Ja, ja natürlich würde ich mich freuen!« Es klang erstaunt.
Von nebenan war Henrys Klavierspiel zu hören. Es war die Melodie, die Cilli auf ihrer Geige erfunden hatte. Ben spitzte die Ohren. »He, he, was ist das denn?«, rief er erstaunt. »Das hört sich aber verdammt gut an!«
Alle hörten nun auf die Melodie. Ben wiederholte: »Das ist gut. Verdammt, ist das gut, das muss ihm sein Feind lassen!«
Cilli sagte schlicht: »Das ist von mir!«
Die anderen hatten der Zehnjährigen gar nicht zugehört. Nur Miriam sagte spöttisch: »Ja, klar ist das von dir!«
»Wenn's doch wahr ist!«
»Nu hör aber auf zu spinnen«, sagte Nadja.
»Es ist meine Melodie. Er hat sie mir geklaut!«

Alle lachten, außer Ben. »Erzähl uns das doch mal genauer, Cilli.«
»Was soll ich 'n da erzählen? Ich hab im Garten Geige gespielt. Und dann hat der das auch gespielt. Auf dem Klavier.«
Ben schien das Mädchen ernst zu nehmen. »Na sieh mal an«, sagte er. »Das ist ja interessant!«
Plötzlich fiel Marlene etwas dazu ein. »Augenblick!« Sie wurde ganz aufgeregt. »Ich glaube, das stimmt …«
»Natürlich stimmt's«, sagte Cilli und schlug mit der flachen Hand auf den Tisch.
»Ich hab am Küchenfenster gestanden und hab es gehört. Du hast Recht, Cilli! Zuerst deine Geige, dann das Klavier … Ja, richtig, da war tatsächlich zuerst die Geige …«
»Ich weiß gar nicht, was ihr habt«, sagte Cilli, »so besonders ist das ja nun auch wieder nicht!«
»Oh, da muss ich dir aber widersprechen, Cilli«, Ben beugte sich weit über den Tisch zu ihr hinüber. »Das ist genau die Art Melodie, die man einmal hört und nie wieder vergisst!«

Marlene schlief tief und fest. Ben lag neben ihr. Er hatte die Arme unter dem Kopf verschränkt und starrte an die Decke. An Schlaf war nicht zu denken. »Dieser Bastard«, sagte er laut. Marlene kam zu sich.
»Gehst du schon?«, fragte sie verschlafen.
Ben schwang die Beine über den Bettrand. Die Frage kam ihm gelegen. »Mhm«, machte er. »Ich muss morgen ganz früh raus.«
Er ging um das Bett herum und setzte sich dicht neben Marlene auf die Kante. »Weißt du was, Marlene?«

Marlene fasste nach seiner Hand. »Sag's mir!«
»Das mit Cillis Melodie ist mir nicht aus dem Kopf gegangen. Daraus können wir was Tolles machen, ich meine du.«
»Ich? Was denn?«
»Na, hör mal, willst du vielleicht zulassen, dass der Herr Komponist Henry Schaaf Cillis Melodie einfach so klaut? Genau mit dieser Melodie zieht der den Kopf aus der Schlinge. Gregory verlangt einen Ohrwurm von ihm. Und diese Melodie *ist* ein Ohrwurm!« Ben redete nun sehr bestimmt und überzeugend weiter: »Folgendes. In vier Wochen wird Henrys Musical uraufgeführt. Na, klingelt's bei dir?«
Marlene schüttelte den Kopf.
»Wir lassen die Bombe platzen. Genau dort. Bei der Uraufführung! Du kannst ihm mit einem Schlag alles heimzahlen, was er dir angetan hat, und das war ja nicht wenig, oder?«
Marlene richtete sich im Bett auf. Sie war plötzlich hellwach. »Du meinst, ich soll dort sagen, dass das Lied von Cilli ist? Dort – vor allen Leuten?«
Ben küsste Marlene. »Ganz genau!«
»Nee, du, das geht nicht, das kann ich nicht!«
»Ich denke, bei dir gilt: Geht nicht gibt's nicht!«
Marlene überlegte einen Augenblick. »Vielleicht hast du Recht. Allein schon wegen Cilli ...« Sie sprang aus dem Bett. Langsam redete sie sich in Fahrt. »Vielleicht so? Ich freue mich über den Erfolg des heutigen Abends, besonders natürlich für Herrn Schaaf, den Komponisten. Allerdings muss ich Ihnen noch etwas dazu sagen: Die Melodie des Songs, die so gut angekommen ist ... die stammt von meiner zehnjährigen Tochter ...«
Ben und Marlene fielen sich laut lachend in die Arme. Kurz

danach verabschiedete sich Ben von ihr. Marlene wusste nicht, warum sie danach so eine seltsame Trauer empfand. Ihr fiel ein, dass sie in dieser Nacht nicht miteinander geschlafen hatten. Sie selbst hatte es nicht gewollt.

37

Henry war beim Arrangeur gewesen. Sie hatten die letzten Details der Instrumentierung abgesprochen. Jetzt war er auf dem Weg nach Hause. Er schob sein Fahrrad neben sich her, weil es einen leichten Anstieg hinaufging. Da sah er vor sich die kleine Cilli, ihre Schultasche auf dem Rücken. Er ging rascher und holte sie ein. »Hallo, Cilli …«
Cilli sah geradeaus und quetschte undeutlich auch ein »Hallo« heraus.
»Hör mal, ich muss dir was sagen. Du hast da neulich so was gespielt … auf deiner Geige …«, er sang leise die ersten Takte.
Cilli nickte nur dazu.
»Das hat mir so gut gefallen, dass ich … Eigentlich darf man das nicht. Jedenfalls, ich hab deine Melodie in mein Musical eingebaut. Verstehst du?«
»Aha.« Cilli wusste nicht, wie sie reagieren sollte.
»Ja, und das muss natürlich genau geregelt werden, dafür gibt es nämlich extra ein Urhebergesetz.«
»Ja, weiß ich doch«, sagte Cilli.
Henry schaute sie verblüfft an. »Na, dann bist du ja bestens informiert. Also, ich erklär dir mal, wie ich mir das gedacht habe. Aber wir sagen niemandem etwas davon, klar?«
Cilli strahlte Henry begeistert an. »Klar!«

Marlene wartete auf Cilli. Sie stand am Fenster und sah hinaus. Eigentlich hätte das Kind längst da sein müssen. Überrascht sah sie Cilli und Henry einträchtig die Straße heraufkommen. Henry schob sein Fahrrad neben sich her. Vor dem Gartentor verabschiedeten sich die beiden per Handschlag. Marlene rannte zur Tür und machte Cilli auf.
»Wo warst du so lange?«
Henry stand am Gartentor und winkte Marlene kurz zu, bevor er in seinem Haus verschwand.
Cilli sagte: »Wir waren Eis essen.«
»Was?! Wieso warst du – du warst mit Herrn Schaaf Eis essen?!«
»Hat sich so ergeben«, sagte Cilli schnippisch und warf ihren Schulranzen unter der Garderobe auf den Boden.
»Und was hat er zu dir gesagt?«, wollte Marlene wissen.
»Er hat mich gefragt, ob Ben jetzt dein Freund ist.«
Marlene war für einen Moment sprachlos, brachte dann aber doch hervor: »Und was hast du gesagt?«
»Dass er jetzt dein Freund ist. Stimmt doch, oder?« Damit ging sie die Treppe hinauf.

Ben stoppte seinen Wagen vor dem Eingang zum Musicalpalast. Die drei Mädchen stiegen hinten aus, während Ben die Beifahrertür für Marlene öffnete. Leise fragte er: »Du hast deinen Text drauf?«
»Ja doch«, antwortete Marlene nervös und memorierte flüsternd: »Ich freue mich über den Erfolg des heutigen Abends, besonders natürlich für Herrn Schaaf, den Komponisten. Allerdings muss ich Ihnen noch etwas dazu sagen: Die Melodie des Titelsongs, diese wunderbare Melodie, der Sie so begeistert applaudiert haben …« Sie un-

terbrach sich. »Und wenn die nun gar nicht applaudieren?«
»Keine Sorge. Die werden den Song bejubeln! – Also weiter ...«
Unlustig fuhr Marlene fort: »Dieser Song stammt keineswegs von dem heute so gefeierten blablablabla ... Wir müssen uns beeilen, es klingelt schon zum zweiten Mal.«
Als sie durchs Foyer kamen, sahen sie Henry, der von einem Schwarm Journalisten bedrängt wurde. Vor Nervosität knetete er seine Hände, dass die Fingerknöchel weiß hervortraten. »Stimmt es, dass Sie bereits ein Angebot aus New York haben?«, hörten sie einen Reporter fragen.
Henry stotterte: »Ich lege nicht über ... äh, ich rede nicht über ungelegte Eier.«
Der Journalist stieß nach: »Aber es stimmt, dass schon mehrere Theater planen, Ihr Stück nachzuspielen?«
»Da fragen Sie am besten Herrn Gregory ...« In diesem Augenblick entdeckte Henry Ben und die vier Hagedorns. Er schob die Mikrophone zur Seite und kam direkt auf sie zu. Ohne Ben zu beachten, sagte er: »Frau Hagedorn, ich will Ihnen nur sagen, es ist alles in Ordnung, ich werde ... Sie wissen ja, ich habe mit Cilli ...«
Aber Ben verhinderte, dass Henry zu weiteren Erklärungen kam. »Toi, toi, toi, Henry«, sagte er etwas zu laut, fasste Marlene am Arm und zog sie mit sich davon.

Als sich am Ende des Musicals das Liebespaar nach vielen Irrungen und Wirrungen endlich selig in den Armen lag, Cillis Lied noch einmal im Duett sang und die Musik schon aufs Finale zutrieb, war das Publikum längst gewonnen. Es hatte viel Zwischenapplaus gegeben. Schon beim Pausen-

vorhang schallten Bravorufe durch das weite Rund des großen Musicalpalastes. Henry, der neben Gregory in der Intendantenloge saß, entspannte sich zusehends.
Jetzt, da der Song aller Songs noch einmal begann, ging ein leiser seliger Seufzer durchs Publikum. Gregory legte seine Hand auf Henry Schaafs Arm und sagte leise: »Geschafft. Wir haben es geschafft. Das wird der Hit des Jahrzehnts.«
Henrys Augen suchten unter den 1800 Premierengästen das Gesicht eines kleinen Mädchens, fanden es aber nicht.
Der Bühnenmeister zählte genau mit: siebenundzwanzig Vorhänge. Zum Schluss erhoben sich die Zuschauer zu Standing Ovations. Der Dirigent gab nochmal den Einsatz, und noch einmal wurde das Motiv des Songs gespielt, der das Publikum von Anfang an so mitgerissen hatte. Die Zuschauer sangen begeistert mit.
Als Marlene, Ben und die Kinder endlich im Foyer waren, sagte Marlene: »So, ich setz euch jetzt in ein Taxi und ihr fahrt nach Hause.«
»Wieso denn?«, wollte Nadja wissen.
Ben erklärte es ihr: »Leider bin ich nur mit einer Begleitperson zur Premierenfeier eingeladen.«
Cilli meldete sich: »Aber der Herr Schaaf hat doch gesagt …«
»Schluss jetzt und keine Widerrede mehr, ja«, fuhr ihr Marlene in die Parade.
Als sie die Mädchen vor dem Theater in ein Taxi setzte, versuchte es Cilli nochmal: »Mama, ich muss dir unbedingt noch sagen …«
Marlene hauchte ihrer Jüngsten einen Kuss auf die Stirn und sagte rasch: »Ja, morgen, mein Schatz. Das hat alles auch bis morgen Zeit.«

»Eben nicht!«, protestierte Cilli. Aber Marlene war viel zu aufgeregt, um noch richtig hinzuhören. Sie wandte sich ab. Cilli sagte trotzig: »Na, dann eben nicht!«
Marlene fuhr mit dem Aufzug zum ersten Rang hinauf, wo die Feier stattfinden sollte. Sie betrachtete sich im Spiegel. Irgendwie sah sie unglücklich aus. Seufzend sagte sie zu ihrem Spiegelbild: »Worauf hab ich mich nur eingelassen?«
Der Aufzug hielt. Marlene straffte ihre Schultern und trat hinaus.
Das Foyer war in einen Festsaal verwandelt worden. Weiß gedeckte Tische bildeten ein Rechteck. Ein gutes Stück entfernt von der großen Tafel stand ein einzelner Tisch, gedeckt für eine Person.
Die geladenen Gäste hatten sich längst verteilt. Marlene entdeckte eine Menge Gesichter, die sie aus Zeitungen, Illustrierten und vom Fernsehen kannte. Wer etwas auf sich hielt in München, war zu dieser Welturaufführung gekommen.
Plötzlich hörte sie Henry laut sagen: »Wer hat eigentlich Ben Morat eingeladen?« Im gleichen Augenblick trat Ben neben Marlene, nahm ihren Arm und führte sie an den Tisch. »Am besten hören wir gar nicht hin«, sagte er leise.
Gregory klopfte an sein Glas. Die Gespräche verebbten nach und nach. Henry Schaaf setzte sich an den einzelnen Tisch. »Ich glaube, ich kann sagen, dass wir heute Abend alle sehr stolz sind«, begann Gregory. »Denn diese Premiere war ganz ohne Zweifel ein großer Erfolg. Mein Dank gilt vor allem den drei Künstlern, die dafür ihr Bestes gegeben haben.« Mit einer Handbewegung wies er auf einen kleinen dicken Mann an der Tafel. »Harry Zauner, der Regisseur.« Die Gäste applaudierten. Gregory wies nun auf

einen jungen bärtigen Mann in einem glitzernden blauen Smoking. »Ulli Matthes, der Texter.« Wieder spendeten die Gäste freundlichen Beifall. »Und«, Gregory hob die Stimme, »und last, but not least ...«, jetzt zeigte er auf Henry an dem einzeln stehenden Tisch, »unser wunderbarer Komponist Henry Schaaf!«

Die Gäste erhoben sich von ihren Plätzen. Nur Marlene und Ben blieben sitzen. Der Beifall währte lange. Einzelne Bravorufe mischten sich darunter. Henry verbeugte sich verlegen, indem er ein paarmal seinen Kopf auf die Brust sinken ließ.

Als sich Henry Schaaf und die Gäste wieder gesetzt hatten, fuhr Gregory fort: »Für diejenigen unter Ihnen, die Henry nicht persönlich kennen, sei gesagt: Dass er etwas abseits von uns sitzt, ist nicht böse gemeint, nein, es hat nur mit Henrys klaustrophobischer Veranlagung zu tun.«

Ein paar der Eingeladenen kicherten. Henry stand nochmal auf, diesmal verbeugte er sich tief und formvollendet und mit einer gewissen Selbstironie. Erneut brandete Beifall auf.

»Aber, wie Sie sehen, er trägt das mit Humor«, sagte Gregory.

Seit sie am Theater eingestiegen waren, tuschelten die drei Mädchen auf dem Rücksitz aufgeregt miteinander. Der Fahrer warf immer mal wieder einen Blick in den Rückspiegel. Als er seinen Wagen an einer Ampel stoppen musste, beugte sich die Älteste über die Lehne des Beifahrersitzes nach vorne und sagte: »Umkehren!«

»He, he«, machte der Chauffeur, »was ist denn nun kaputt?«

»Fahren Sie zurück zum Theater!«
Der Fahrer warf erneut einen Blick in den Rückspiegel. »Also, ich weiß nicht ...«
»Aber ich!«, rief Nadja.
»Unsere Mutter läuft straight in ihr Unglück, wenn wir nicht rechtzeitig da sind«, ließ sich jetzt die Mittlere der drei Gören hören.
»Ihr könnt mir viel erzählen«, grummelte der Fahrer. Und das taten sie dann auch. Der Chauffeur brauchte eine Weile, bis er alles verstanden hatte, doch dann wendete er plötzlich und fuhr zum Musicalpalast zurück.
Dort kam Gregory langsam zum Ende seiner Rede, und wieder wandte er sich direkt an Schaaf: »Lieber Henry, wir alle danken Ihnen für dieses außergewöhnliche Werk, für die gute Zusammenarbeit, für Ihre Freundschaft und Großzügigkeit. Sie sind ein wunderbarer Künstler und warmherziger Mensch.«
Marlene musste husten. Sie flüsterte Ben zu: »Ich muss hier raus!«
Ben legte seinen Arm um Marlenes Schultern. »Kommt nicht in Frage! – Dein Part beginnt gleich, reiß dich bitte zusammen, Marlene.«
Währenddessen war Gregory auf Henrys Extratisch zugegangen. Die beiden umarmten sich, klopften sich auf die Schultern, und Henry, der Mensch, der jede körperliche Berührung verabscheute, ließ es sich sogar gefallen, dass der Musicaldirektor ihn auf beide Wangen küsste.
Zur gleichen Zeit stürmten Nadja, Miriam und Cilli im Erdgeschoss ins Theaterfoyer. Ein Schließer, der dort ausharren musste, bis die letzten Premierengäste gingen, wollte sie aufhalten. »Moment mal! Was ist denn mit euch los?«

Aber Nadja zischte ihn an: »Halten Sie uns ja nicht auf!« Und schon war das Trio an ihm vorbei und stürmte die Treppe hinauf.

Henry räusperte sich. Dann begann er stockend. »Meine Damen und Herren …«

»Jetzt! Steh auf, Marlene!«, flüsterte Ben Morat.

Marlene stand auf und rief laut in den Saal: »Ich freue mich über den Erfolg des heutigen Abends, ich freue mich auch für den Komponisten. Ich habe an der Arbeit teilgenommen …, ich könnte sogar sagen, ich habe sie mit durchlitten …«

Ein Raunen ging durchs Publikum. Wer war diese Frau? Wie kam sie dazu, hier einfach das Wort an sich zu reißen.

»Wer ist denn das?«, rief eine weibliche Stimme. Andere Gäste meldeten sich: »Was will die überhaupt?« »Die soll sich hinsetzen!«

Henry hob beruhigend beide Arme. »Die Dame hat Recht. Ich habe diese Frau und ihre Familie fast in den Wahnsinn getrieben …«

Marlene klappte den Mund zu. Plötzlich standen Schweißtröpfchen auf ihrer Stirn und auf ihrem Nasenrücken. Jetzt bloß nicht lachen, dachte sie und presste die Lippen aufeinander.

Ben zischte: »Los, mach weiter. Lass dich jetzt bloß nicht rausbringen, Marlene!«

Marlene holte Luft, aber da stockte ihr der Atem. Am Ende des lang gezogenen Raums, dort, wo die breite Treppe vom Erdgeschoss heraufkam, erschienen ihre drei Töchter.

»Los, weiter«, hörte sie Ben flüstern.

»Allerdings muss ich Ihnen noch etwas sagen«, begann

Marlene nun wieder: »Die Melodie des Titelsongs, die so gut angekommen ist …«
»Ja, das wollte ich grade auch sagen«, rief Henry Schaaf dazwischen, »der Titelsong ist gar nicht von mir, das heißt, ich habe ihn zusammen mit«, und er deutete auf Marlene, »Marlene Hagedorns Tochter Cilli entwickelt, einem zehnjährigen Wunderkind auf der Geige. Ich sage es mal so: Ohne die kleine Cilli wäre ich verloren gewesen.« In diesem Augenblick entdeckte er das Mädchen. Mit leicht belegter Stimme sagte er, während er sich tief vor ihr verneigte: »Danke, Cilli!«
Henry applaudierte zu Cilli hin. Zögernd fielen die Gäste in den Beifall ein. Was hier vor sich ging, war den meisten ein Rätsel. Ein Mann aus dem Orchester brachte Henry eine Violine. Offenbar war das alles verabredet. Henry fuhr fort: »Ich habe das alles mit Cilli besprochen – wir sind richtig zu zwei Verbündeten geworden in den letzten Tagen, stimmt's, Cilli?«
Das Mädchen war nun doch sehr verlegen, nickte nur und bekam einen roten Kopf. »Wir haben ausgemacht, heute Abend lassen wir die Bombe platzen – Cilli und ich, was Cilli? Kommst du mal?«
Cilli ging in kleinen, vorsichtigen Schritten zu Henry Schaaf. Marlene hatte sich auf ihren Stuhl fallen lassen. Sie verstand die Welt nicht mehr. Ben neben ihr atmete schwer. »Ich kenn den Mann nicht mehr«, hörte sie ihn leise sagen. »Was ist denn mit dem passiert?«
Aber da hatte Cilli schon das Instrument unters Kinn geklemmt. Sie überprüfte die Spannung des Bogens, während Henry Schaaf sagte: »Ich weiß den Tag noch ganz genau. Es war der 19. Juli. Ich saß an meinem Flügel, und wie

an vielen Abenden zuvor wartete ich darauf, dass mir endlich die zündende Idee für die große Melodie meines Musicals kam. Da hörte ich leise aus dem Nachbargarten …« Er unterbrach sich, und Cilli begann zu spielen. Leise und sehr fein reihten sich die Töne aneinander. Eine kleine Band aus Musikern, die dem Theaterorchester angehörten und die später zum Tanz aufspielen sollten, klinkte sich ein – zuerst nur der Bassist, dann der Gitarrist, der Schlagzeuger und schließlich auch die Bläser. Unwillkürlich veränderten die Musiker und Cilli den Rhythmus, aus dem Vierviertel-takt wurde ein Dreivierteltakt, und aus Cillis Lied wurde eine Walzermelodie.
Plötzlich ging Henry auf Marlene zu, verbeugte sich kurz vor Ben und sagte: »Du gestattest?« Dann sagte er an Marlene gewandt: »Darf ich bitten?« Marlene stand auf und ließ sich zur Tanzfläche führen. Eigentlich wollte sie protestieren, eigentlich wollte sie ihm ihren Arm entziehen, eigentlich … eigentlich wollte sie jetzt nichts anderes, als mit ihm tanzen. Bei den ersten Drehungen sagte er: »Ich bin grade dabei, meine Zwänge abzubauen. Vielleicht hat das ja auch mit Cilli und Ihnen zu tun.«
Marlene sagte nichts darauf.
»Ich wollte Ihnen durch Cilli eine Einladung zukommen lassen, aber dann hat sie mir gesagt, sie hätten schon eine.«
»Ja, zusammen mit Ben«, sagte sie, obwohl er das ja doch längst wusste.
Wie alle musikalischen Menschen war auch Henry Schaaf ein guter Tänzer. Und Marlene hatte schließlich Tanz studiert. Ben sah den beiden zu, und als eine Frau am Tisch sagte: »Was für ein wunderbares Paar«, bekam er plötzlich eine trockene Kehle.

»Und ich wollte Sie so was von in die Pfanne hauen!«, sagte Marlene mitten in einer besonders schwungvollen Linksdrehung direkt in Henrys Ohr, das dicht vor ihren Lippen war.
»Ist ja verständlich«, sagte Henry Schaaf.
›Er hat hübsche Ohren‹, dachte Marlene bei sich.

Karin Hartig

Reihenhaus-Blues

Roman

Band 13239

Corinna, frustrierte Hausfrau und Mutter eines achtjährigen Sohnes, hat von der ereignislosen Idylle im Reihenhaus die Nase voll. Um nicht ganz zu versauern, verdingt sie sich auf der Suche nach einer sinnvollen Tätigkeit als Fotografin bei der örtlichen Tageszeitung. Volltreffer, denkt sie zufrieden und genießt die Tatsache, zum ersten Mal seit Jahren nicht mehr Anhängsel ihres Mannes, sondern eine eigenständige Frau zu sein, die nicht nur staubsaugen, sondern auch erstklassige Fotos machen kann. Einzige Stolperfalle ist Rüdiger, der kultivierte Kollege vom Hörfunk, zu dem sie bald in heißerer Zuneigung entbrennt, als es ihrer Ehe guttut. Rüdiger allerdings hält allen Gefühlen zum Trotz prinzipiell nichts von Seitensprüngen, ganz im Gegensatz zu ihrem Gatten Benno, der etwas weniger strenge Maßstäbe anlegt und der fleischlichen Versuchung in Gestalt seiner engelshaarigen Auszubildenden Marianne erliegt. Ich hab den Reihenhaus-Blues satt, denkt Corinna und beschließt, die Sache selbst in die Hand zu nehmen.

Fischer Taschenbuch Verlag

fi 930 / 6

Karin Hartig

Ehemänner und andere Irrtümer

Roman

Band 13881

Corinna Beifuß ist temperamentvolle 33 Jahre alt und eigentlich rundherum zufrieden. Sie hat Familie, sie hat einen Job, und beide bringt sie auf unnachahmliche unkonventionelle Art und Weise unter einen Hut. Sogar die mehr oder weniger geschlechtsbedingten Macken ihres Ehemannes Benno und die Neurosen der Nachbarschaft können sie kaum noch aus dem Konzept bringen. Doch als Benno so heimlich wie überraschend den Entschluß faßt, ein halb verfallenes Haus auf dem Lande zu kaufen und mitsamt Corinna und Sohn Julian dort einzuziehen, geht es plötzlich rund. Von einer Minute zur anderen geraten die Grundpfeiler ihres so mühsam geregelten Lebens ins Wanken. Ein Landei laß ich nicht aus mir machen, schwört Corinna und nimmt den Kampf auf. Zwar gelingt es ihr nach einigen Verwicklungen tatsächlich, Benno umzustimmen, es kehrt also wieder Frieden ein, aber wie so oft nach einem vermeintlichen Sieg entpuppt sich die Ruhe als ausgesprochen trügerisch.

Fischer Taschenbuch Verlag

fi 722 / 5